KB232329

어쩌면,
사랑이 가장 완벽한
수업일지 몰라

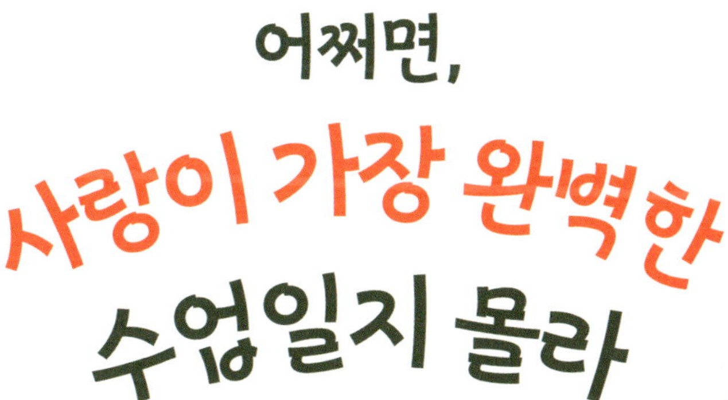

어쩌면,
사랑이 가장 완벽한
수업일지 몰라

이선생의 영상일기

이창원 지음

가장 보통의 아이들이 만들어낸 가장 특별한 1년의 기록

_"공부는 조금 틀려도 괜찮아, 우리는 서로를 잃지 않는 법을 배우고 있으니까."

모티브

차례

3. PD가 된 선생님

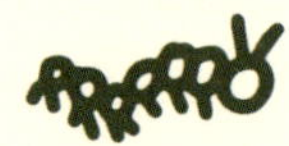

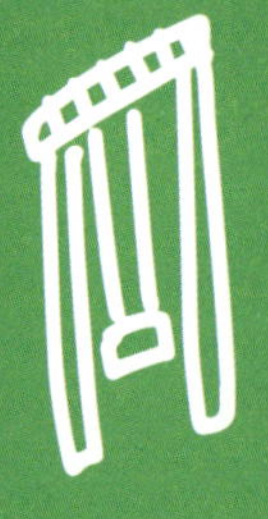

학교에서 아이들을 가르치고 있습니다.
아이들과 이것저것 합니다

2024년 12월, 눈이 오던 어느 날이었다.

오랜 고민 끝에 유튜브 채널을 개설했다. 기존 구글 아이디를 그대로 썼기 때문에 가입일은 2022년 9월 15일로 찍혀 있지만, 내 채널의 '진짜' 시작은 분명 그날이었다.

채널 이름은 단순했다. 가장 친한 친구가 나를 "이선생"이라고 부르니까, 별생각 없이 '이선생의 영상일기'라고 붙였다. 그리고 설명란에 나를 그대로 적었다.

"학교에서 아이들을 가르치고 있습니다. 아이들과 이것저것 합니다."

그다음은 더 단순했다. 당근마켓에 '고프로'를 검색했다.

카메라에 대해 아는 건 거의 없었고, 편집도 몰랐다. 내가 확실히 아는 건 하나였다. 내가 좋아하던 '빠니보틀'이 고프로로 찍는다는 것. 그래서 신형은 너무 비쌌기에 한참 구형인 고프로10을 28만 원에 네고해서 샀다.

그 카메라는 나의 교실로 들어왔다. 수업시간, 현충원, 국회, 캠핑… 아이들과 함께한 장면들을 롱폼(긴 영상)으로 기록했고, 쇼츠(짧은 영상)는 어느새 100편쯤이 됐다. 카메라도 없이 채널부터 만들었다는 사실만 보면, 내가 즉흥적인 사람처럼 보일지 모른다. 하지만 그때의 나는 간절했다. 교사로서 내가 꿈꾸는 것을 현실에서 실현 시키고 싶었다. 그리고 그게 옳다는 걸, 꼭 증명해 보이고 싶었다.

2023년 서이초 사건 이후, 교권은 사회적 문제로 크게 떠올랐고, 말 그대로 바닥에 떨어져 있었다. 선생님들은 학부모를 늘 경계하게 됐고, 일부 학부모는 교사를 신뢰하지 않는 관계가 어느새 굳어져 있었다. 어떤 학생들은 선생님을 대놓고 무시했고, 선생님들은 더 이상 그 아이들을 '혼'내지 못했다. 오랜 기간 입시제도에 기인해 누적되어 온 공교육 붕괴 현상이, 입시와 거리가 먼 초등학교까지 확산이 된 느낌이었다. 그리고 그 현상은 '교권 붕괴'라는 이름으로 더 빠르게 진행되고 있었다.

나는 무너진 교권을, 나만의 방식으로라도 되살려 보고
싶었다. 교권 붕괴의 이유는 다양하다. 학생 인권 강화, 학
부모와 사회의 인식 변화, 교육 현장의 자율성 약화, 교사들
의 실질 임금 하락…. 다 맞는 말이다. 하지만 일개 담임교
사인 내가 당장 할 수 있는 일은 많지 않았다. 내가 손을 댈
수 있는 범위는 결국 '우리 반'이었다. 우리 반에서부터라도
학부모의 인식을 바꿔 보고 싶었다. 그리고… 꿈같은 이야
기지만, 유튜브라는 플랫폼을 통해 사회의 인식에도 작은
파문을 만들 수 있지 않을까 생각했다. 내 계획은 단순했다.
우선, 우리 반 학부모님들께 자녀의 학교 생활 모습을 보여
드렸다. 그게 공부하는 모습이든, 노는 모습이든 중요하지
않았다. 초등학교에서 학교생활 그 자체는 '공부'라고 믿었
기 때문이다. 그래서 아이들의 밝고 행복한 모습을 영상으
로 만들었다. 그리고 내가 만든 유튜브 채널에 업로드했다.
부모님들은 롱폼과 쇼츠로 꽤 자주, 자녀의 학교 생활을 확
인할 수 있게 됐다.

이건 단순히 사진을 올리는 것과는 차원이 달랐다. 사진
이 한 순간을 포착한다면, 영상은 맥락을 보여준다. 자녀의
표정, 친구들과의 대화, 책상 위에 놓인 책과 학습지…. 내
아이가 학교에서 어떻게 하루를 보내는지, 단서들이 연결되

어 보이기 시작한다. 나는 아이들과의 첫 만남 영상을 만들고 업로드한 뒤, 알림장에 "영상이 올라왔습니다"라고 안내했다.

하지만 반응은 처참했다. 자녀가 6학년 쯤 되면 학부모님들은 알림장을 꼼꼼히 확인하지 않는 경우가 많다. 게다가 부모님들 입장에서도 교실 모습을 영상으로 보는 건 처음이니, 반신반의했을 것이다. 그렇게 첫 영상 조회수는 일주일이 지나도록 50회 아래에 머물렀다. 나와 내 가족, 그리고 우리 반 아이들만—유튜브 속 자기 모습이 신기해서—돌려볼 뿐, 정작 학부모님들조차 잘 보지 않았다.

그런데도 나는 그 작업을 계속했다. 언젠가는 부모님들이 보실 거라 확신했고, 보시게 되면 좋아하실 거라고 생각했다. (모든 장면을 밝게 담았으니까^^) 그리고 설령 아무도 보지 않는다 해도, 이 영상 기록 자체가 아이들에게는, 먼 훗날 유년 시절을 꺼내볼 귀한 자료가 될 거라고 믿었다. 무엇보다 아이들에게 가치 있는 일이었다.

또 하나. 내 이런 발자취가 결국 학부모와 아이들에게 진심으로 닿아서, 교권 회복의 작은 희망이 될 수도 있지 않을까 생각했다. 그리고… 정말 만약에, 정말 만약에. 이렇게 무모한 짓을 한 내가 구독자가 많아져서 잘되면, 나를 보고 다른 선생님들도 "나도 해볼까"하고 함께할 수 있지 않을까. 그런 헛된 상상도 했다.

나는 성과도 보상도 없이 몇 달을 계속했다. 누가 보든 안 보든, 4개월 동안 묵묵히 영상을 올렸다. 그러다 5월, '모의대선 수업' 영상과 '사랑합니다 수업놀이' 영상이 많은 사람들의 관심을 받기 시작했다. 이어서 '현장체험학습' 영상들과 '사랑으로 상징되는 우리 반의 다양한 교실 놀이'가 함께 뜨면서, 지금의 13만 구독자와 함께 하는 '이선생의 영상일기' 채널이 만들어졌다. 채널의 폭발적인 성장은 즐겁고 행복한 학교에 대한 많은 이들의 열망으로 만들어 졌다. 그 열망은 결국 좋은 학교와 좋은 교육에 대한 많은 이들의 소망이라고 믿는다.

나는 오은영 박사님 같은 아동 정서·행동 전문가가 아니다. 그저 학교에서 아이들과 함께 웃고, 함께 숨 쉬는 평범한 교사다. 이 책에는 '아이들이 행복한 학교'에 대한 나의 생각이 담겨 있다. 유년 시절부터 지금 교사가 된 현재에 이르기까지의 경험에서 비롯된 생각들이다. 말하자면 이 책은 '이선생의 영상일기'를 글로 옮긴 해설집 같은 것이다.

나는 전문가가 아니기에 충고나 조언을 하려는 마음은 없다. 아이들과 부모님들께 무엇을 가르치기보다, 아이들의 학교생활을 가능한 한 있는 그대로 보여주고 싶었다. 특히 그중에서도 나는 친구 관계에 집중해 보고자 했다. 공부는 조금 흔들려도 웃으며 학교를 다닐 수 있지만, 친구 관계가 무너지면 아이들은 결코 웃으며 학교에 갈 수 없다. 그 시기의 아이들이 그렇다는 걸, 나는 누구보다 가까이에서 매일 보고 있다.

이 책을 통해 나는 〈이선생의 영상일기〉 채널의 영상 제작 의도와 궁극적 목적을 전하고 싶다. 물론 내 생각이 정답일 리는 없다. 다만 이 책이 독자 여러분과 함께 "즐겁고 행복한 학교란 무엇인가"를 생각해 보는 나눔의 장이 되었으면 한다. 더 많은 이야기를 듣고, 더 많은 의견을 모아, '아이들이 행복한 학교'가 어떤 곳인지 계속 고민하며 살아가고 싶다. 그리고 이 작은 발걸음이 누군가에게 잔잔한 파동이 되어, 학교가 아이들이 정말 가고 싶은 곳으로 조금씩 변해 간다면, 교사로서도, 두 아이의 아빠로서도 나는 더 바랄 것이 없을 것 같다.

교육현장에서 새로운 시도를 할때마다 흔쾌히 허락해 주시고 지지해 주셨던 인천한별초 이종재 교장선생님, 헌신의 아이콘 인천발산초 김미란 교장선생님께 감사의 인사를 전합니다. 두 분과 함께 해든초에서 근무할 수 있어서 영광이었습니다. 두 분의 지지와 헌신 덕분에 제가 옳다고 생각하는 교육을 마음껏 할 수 있었습니다. 감사합니다.

마지막으로 이 책을 출간하기까지 늘 곁에서 도움을 준 사랑하는 아내 신지헌 선생님과 척박한 시골 환경에서 선생님이란 직업을 가질 수 있도록 길러주신 부모님께 감사한 마음을 전합니다.

1.
선생님도
모범생은 아니었어

사랑받기 위한
거짓말

나는 충남의 한 어촌마을에서 유년 시절을 보냈다. 아버지는 어업용 배와 관련된 공업사를 운영하셨고, 어머니는 그곳에서 아버지와 인부들의 식사와 빨래를 도맡아 하셨다. 시간 날 때면 갯벌에 나가 해루질(밤에 얕은 바다에서 맨손으로 어패류를 잡는 일을 말하는 충남 방언)도 하셨다. '집'이라고 부를 만한 곳이 따로 있지는 않았고, 중학교 때까지 철공소 한 켠의 작은 방에서 부모님과 여동생, 이렇게 넷이 함께 지냈다.

나는 오늘 내가 교사가 되어 아이들을 가르칠 수 있는 이유가 전적으로 어머니 덕분이라고 생각한다. 어머니는 늘 내게 말씀하셨다.

"공부를 해야 사람 대접을 받으면서 살 수 있다."

그 말은 사랑이기도 했고, 때로는 두려움이기도 했다. 나는 어릴 때 공부를 강요받으며 자랐다. 그리고 아주 일찍 알아버렸다. 공부를 잘할 때와 못할 때, 부모님의 표정과 말투가 달라진다는 것을. 시험 성적이 좋을 때 나는 부모님께 사랑받았고, 그렇지 않을 때는 사랑을 받지 못했다. 그 환경에서 나는 '인정'이 곧 '사랑'이 되는 아이로 자랐다. 그리고 자연스럽게, 거짓말을 배우기 시작했다.

거짓말을 한 이유는 단순했다. 인정받고 싶었고, 사랑받고 싶었다. 처음엔 사소했다. 어머니가 장날 시내에 다녀오신 사이, 하지도 않은 공부를 다 했다고 말한다거나, 장롱 속에 숨겨진 답안지를 몰래 찾아 베껴 놓고 문제를 다 풀었다고 말하는 정도였다. 그런데 바늘 도둑이 소도둑 되듯, 거짓말은 점점 커졌다. 실제 점수를 부풀려 말했고, 학교에서 받지도 않은 칭찬을 받았다고 집에 와서 습관처럼 늘어놓았다.

부모님은 내가 무엇이든 남들보다 잘하길 바라셨다. 그 기대 속에서 나는 어느 순간부터 '남들보다 잘해야 가치 있는 아들'이라는 믿음을 가지게 됐다. 유년 시절의 조건부 사랑, 들쭉날쭉한 애정, 비교와 경쟁 중심의 가치관은 내 마음 속에 이런 문장을 남겼다.

"나는, 있는 그대로의 모습으로는 사랑받지 못한다."

그래서 나는 외부의 인정에 매달리는 사람이 됐다. 이 경험은, 지금의 내가 교실에서 아이들을 이해하는 데 큰 도움이 됐다. 하지도 않은 숙제를 한 것처럼 꾸미는 아이, 답안지를 베끼는 아이, 심한 경우엔 부모님이나 선생님께 잘 보이기 위해 스스로를 꾸며 내는 아이…. 그런 아이들을 볼 때마다 나는 내 어린 시절을 떠올린다. 그리고 솔직히 말하면, 그 아이들이 애처롭다. 특히 칭찬을 갈망하는 아이들—일부러 공부를 더 하거나 착한 일을 하면서 "선생님, 저 좀 바라봐주세요."라고 말하는 아이들—에게는 마음이 더 간다. 그런 아이들을 만나면 나는 먼저 충분히 칭찬을 해준다. 그리고 꼭 한 문장을 덧붙인다.

"선생님은 네가 이런 결과를 내지 않아도, 이런 행동을 하지 않아도, 너를 있는 그대로 좋아해."

아이들은 그 자체로 사랑받아야 한다. 어떤 조건도 따라붙지 않았으면 한다. 아이들은 스스로 원해서 세상에 나온 존재가 아니기 때문이다. 그래서 그 귀한 아이들을 키우는 부모와 교사만큼은, 적어도 아이를 사랑하는데 있어서는 조건을 달지 않았으면 한다.

무조건적인 사랑을 받은 아이는 자존감이 자라고, 자기 자신을 덜 미워하게 된다. 그리고 언젠가 다른 누군가에게도 따뜻함을 나눌 줄 아는 사람이 된다. 그래서 나는 아이들에게 말해주고 싶다.

"거짓말 하지 않아도 너희는
존재만으로 사랑받을 자격이 있어."

게임
중독

　나도 어린 시절 온라인 게임에 중독된 적이 있다. 초등학교 5~6학년 무렵, 거의 2년 가까이 '리니지'라는 게임에 빠져 살았다. 당시 리니지는 유료였고, 3일만 무료로 플레이할 수 있었다. 처음엔 3일 동안 열심히 아이템을 모으고, 다시 3일짜리 무료 계정을 만들어 아이템을 옮기는 방식으로 어떻게든 게임을 이어갔다. 그때까지만 해도 '그냥 좀 좋아하는 정도'라고 생각했을지 모른다.

　문제는 시간이 지나면서부터였다. 나는 게임 속으로 더 깊이 들어갔다. 캐릭터를 키우겠다는 마음 하나로, 1분에 20원씩 요금이 부과되는 걸 알면서도 부모님 몰래 계속 접속했다. 부모님이 게임 시간을 제한하셨지만 내게는 큰 장벽이 아니었다. 부모님께서 허락해 주신 하루 2시간이 끝나면, 밤에 부모님이 잠드신 틈을 타 컴퓨터를 켰다. 그렇게 잠을 거의 자지 않고 8시간 가까이 게임을 한 뒤, 다음 날 아무렇지 않은 얼굴로 학교에 갔다. 지금 생각하면 당시의 내 상태는 중독이라는 말 외에는 설명이 어렵다. 물론 꼬리가 길면 밟힌다. 1분 20원은 1시간이면 1,200원이고, 하루 8시간이면 하루 만 원 가까이 된다. 그게 한 달 치 게임 요금으로 전화요금에 합쳐져 수십만 원이 찍혀 나왔다. 처음엔 부모님도 "이게 무슨 일이지?"하고 통신사에 연락해 사실관계를 확인하느라 정신이 없으셨다. 나는 속으로 마음의 준비를 하면서, 겉으로는 시치미를 뚝 뗐다. 하지만 통신사 기록은 거짓말을 숨겨주지 않았다. 새벽마다 게임에 접속한 시간이 그대로 남아 있었다. 그날로 내 방에 있던 컴퓨터는 안방으로 옮겨졌고, 모든 게임이 금지됐다. 정확히 기억나진 않지만… 아마 그날 어머니께 매도 꽤 맞았던 것 같다. 그렇게 끝났다면 좋았겠지만, 욕망은 억누른다고 사라지지 않았다. 오히려 더 커졌다. 그리고 나는 이제 대놓고 거짓말을 하기 시작했다. 초등학교 6학년 여름방학 때였다. 게임을 하려면 집을 벗어나야겠다고 마음먹었다. 나는 당시 버스를 타고 40분쯤 가야 하는 먼 학교에 다녔다. 어머니는 학교를 무엇보다 중요하게 여기셨다. 그래서 담임선생님이 불러서 공부한다고 하면, 무조건 허락하셨다. 나는 그 믿음을 이용했다. "방학에 선생님이 공부 잘하는 애들만 모아서 특별수업을 한대요." 그런 거짓말을 늘어놓고 집을 나왔다. 그리고 학교가 아니라 PC방으로 갔다.

처음엔 가진 돈으로 버텼다. 하지만 하루 8시간씩 게임을 하니 돈은 금세 바닥났다. PC방비가 떨어지자, 나는 결국 부모님의 지갑에도 손을 대기 시작했다. 그때의 나는 영화 〈타짜〉에서 말하는 '하나님도 못 말리는 상태'였다. 다행인지 불행인지, 부모님이 학교에 전화하시는 바람에 내 거짓말은 금방 들통났다. 어머니는 바쁜 생업을 뒤로 하고, 학교가 아니라 PC방으로 '출근'하던 초등학교 6학년의 나를 잡으러 오셨다. 핸드폰도 없던 시절, 시내의 수 많은 PC방을 하나하나 찾아다니며 아들을 잡으러 다니셨던 내 어머니의 삶도 참 파란만장했다.

PC방에서 어머니에게 발각됐을 때의 아찔함은, 20년도 더 지난 지금까지도 생생하다.

나는 초등학교 6학년 때 지독한 중독을 겪었던 선생님이다. 그래서 지금 교실에서 게임이나 SNS에 빠진 아이들을 만나면, 이상하게도 화부터 나기보다… 먼저 내 옛날이 떠오른다. 그리고 솔직히 말하면, 조금은 웃음이 나온다. '아, 너도 지금 거기 그 상태에 있구나.' 하는 마음이 들어서다.

그때의 나는 "하지 마"라는 말을 수없이 들었다. 컴퓨터는 안방으로 옮겨졌고, 게임은 금지됐고, 밤을 새우던 나는 혼났고, 벌을 받았다. 그런데 시간이 지나 돌아보면 당시의 나는, 시간을 소비하는 새로운 방법을 누군가 가르쳐주길 간절히 원했다, 그리고 그것을 함께 해줄 사람이 필요했다. 하지만 부모님은 생업을 하시느라 바쁘셨고, 선생님은 내 상태를 알지 못하셨다.

중독은 '무언가를 너무 좋아해서'가 아니라, 종종 '그곳에 있어야만' 버틸 수 있어서 시작된다. 내게 게임은 도피이기도 했고, 위로이기도 했으며, 어쩌면 내가 유일하게 잘하고 있다고 느낄 수 있는 세계이기도 했다. 그래서 억누를수록 욕망은 더 크게 부풀었고, 나는 결국 거짓말을 더 크게 만들었다. "공부하러 간다"는 말로 집을 나와 PC방으로 향했던 그 방학 날처럼.

지금의 나는 아이들에게 완벽한 처방을 내릴 수 있는 사람이 아니다. 다만 한 가지는 분명히 안다. 아이에게서 무언가를 '빼앗는 것'만으로는 문제가 해결되지 않는다는 것. 대신 그 빈 자리에, 아이가 숨 쉴 수 있도록 무언가를 새로 놓아줘야 한다는 것. 몸을 쓰게 해도 좋고, 손을 쓰게 해도 좋다. 누군가와 함께 웃을 수 있는 일이면 더 좋다. 중요한 건 그 시간이 "혼자 견디는 시간"이 아니라 "누군가와 함께하는 시간"이 되는 것이다.

그리고 또 한 가지. 어떤 아이라도 결국 중독된 무언가에 스스로 질릴 때가 온다. 그 순간은 매우 조용하게 온다. 하지만 그 시간을 '기다릴 수 있는 어른'이 곁에 있어야 중독에서 빠져나올 수 있다. 옆에서 손을 내밀어 주는 사람이 있느냐 없느냐가 아이에게는 큰 차이로 다가오기 때문이다.

나는 중독을 겪었던 아이였고, 지금은 그런 아이들을 매일 만나는 어른이 되었다. 그래서 나는 아이들에게 말하고 싶다.

"너를 혼내기 전에,
먼저 너를 이해해 보고 싶어."

왕따였던 선생님이
들려주는 이야기

불행히도 나는 타고난 사회성이 떨어졌다. 지금도 사회성이 높다고 말하긴 어렵지만, 유년 시절의 나는 부끄러울 정도였다. 말과 행동이 거칠었고, 다른 사람의 입장에서 생각하거나 타인의 처지에 공감하는 능력도 낮았다. 그래서 '진짜 친구'를 사귀는 일이 늘 어려웠다. 처음엔 가까워져도, 결국은 내 부족함 때문에 관계가 오래가지 못했다.

내가 가진 가장 큰 단점은 두 가지였다. 겸손하지 못하고 잘난 척을 하는 것. 그리고 말을 예쁘게 하지 못하는 것. 당연히 내 주변에 친구가 모이지 않았다. 그나마 공부를 조금 하고 운동을 좋아한다는 이유로, 깊지 않은 관계로 몇몇만 겨우 유지했을 뿐이다.

중학교에 들어가면서 새로운 초등학교 친구들과 다시 섞이게 됐다. 나는 어린 마음에 지고 싶지 않았다. 그래서 허세를 부렸다. 내가 얼마나 힘이 센지, 게임을 잘하는지, 운동을 잘하는지.. 쓸데없는 말들을 늘어놓았다. 심지어 공부나 운동을 이유로 다른 친구를 깎아내리는 말까지 했다. 지금 돌아보면, 그건 친구를 잃을 수밖에 없는 말들이었다.

결국 반에서 힘 있는 친구들이 합심해 나를 따돌리기 시작했다. 그렇게 나는 혼자가 됐다. 내가 먼저 말을 걸어도 아무도 대답하지 않았다. 한 반에 30명이 넘는 친구들이 있었지만, 누구도 나와 관계를 맺고 싶어 하지 않았다. 물론 원래 성품이 착한 몇몇 친구들은 따돌림에 적극적으로 참여하지 않고 전과 같이 대해주었다. 하지만 내가 친하다고 믿었던 친구들이 등을 돌렸을 때, 세상에서 그보다 무서운 일은 없었다.

학교는 지옥 같았다. 친구가 없는 채로 학교에 간다는 건, 매일 도살장에 끌려가는 기분이었다. 죽고 싶을 정도로 힘든 시기였지만, 나는 부모님께 말하지 못했다. 이유는 두 가지였다. 첫째, 부모님은 늘 생업으로 바쁘셨고, 그 바쁨에 내 문제까지 얹고 싶지 않았다. 둘째, 내 잘못으로 만들어진 상황이었기에, 내 치부를 드러내고 싶지 않았다.

한편, 선생님은 알고 계셨다. 정확히 전부는 아니었어도, 어느 정도는 느끼셨을 것이다. 내가 발표할 때, 수업 활동을 할 때 친구들이 보이는 반응을 보면 모를 수가 없었다. 그런데 담임선생님은 모르는 척하셨다. 아니면 알고도 대수롭지 않게 여기셨는지도 모른다. 그때의 나는 선생님이 원망스러웠다. 내 부족함으로 만든 상황임에도, 누군가가 적극적으로 개입해서 나를 구원해주길 바랐다. 하지만 나는 선생님께 도움을 요청하지 못했다. 그 시절의 교사와 학생 관계는 지금처럼 편한 사이가 아니었기에, "선생님, 저 좀 도와주세요"라고 말하기가 어려웠다. 그래서 나는 교사가 된 이후, 친구 관계로 어려움을 겪는 아이들에게 더 적극적으로 귀를 기울이게 됐다. 아이들이 "선생님은 언제든 도움을 요청할 수 있는 사람"이라고 느끼게 하려고 애쓴다. 문제가 생기면 혼자 버티게 하지 않으려고 한다.

올해 우리 반에서도 교우관계로 힘들어한 학생들이 있었다. 나는 그 아픔을 알기에 바로 움직였다. 곧바로 학생의 부모님과 상담하고, 필요한 조치를 하고, 아이가 다시 학교에서 숨을 쉴 수 있도록 가능한 빠르게 길을 만들었다. 다시 그 아이들이 친구 관계를 회복하고, 웃으며 학교생활을 하는 모습을 볼 때면 큰 보람을 느낀다.

중학교 때의 왕따 경험은 나를 많이 바꿨다. 나 자신을 돌아보게 했고, 타인의 눈으로 나를 보게 했다. 나는 살아남기 위해 말과 행동의 습관을 바꾸기 시작했다. 그렇게 시간이 지나면서 왕따는 조금씩 풀렸고, 다시 친구 관계를 맺을 수 있었다. 함부로 말을 내뱉는 습관도 어느 정도는 고쳤다.

다만 완전히 달라지진 않았다. 나는 한때 '힘과 권위'에 따라 말이 달라지는 사람이기도 했다. 나보다 힘이 센 친구에게는 조심하고, 약한 친구에게는 함부로 하는 쪽으로. 부끄러운 이야기지만, 그게 내 성장의 과정이었다. 결국 삶은 엎어지고 깨지며 배우는 것 같다. 게임 속 퀘스트를 하나씩 깨듯, 다음 단계로 넘어가며 조금씩 성장한다.

나는 아이들에게 종종 이렇게 말한다. "아무것도 하지 않으면 아무 일도 생기지 않는다." 진로 이야기를 할 때는 추진력과 실행력을 뜻하는 말이지만, 생활지도나 교우관계에서는 전혀 다른 의미가 된다. 모든 화근도, 모든 변화도 내 말과 행동에서 시작된다. 말과 행동이 향기가 되면 친구가 곁에 머무르고, 악취가 되면 친구가 떠난다. 그래서 나는 '웅변은 은이요, 침묵은 금이다.'라는 말을 자주 꺼낸다. 말과 행동을 남발하면 좋은 결과보다 나쁜 결과가 나올 확률이 높다고, 아이들에게 반복해서 말한다. 하지만 선생님의 말만으로, 아이들이 곧바로 이해하고 삶에 적용하기는 어렵다. 아이들은 결국 관계를 맺고 끊으며, 직접 부딪히고 깨지며 배운다.

그래서 내가 생각하는 학교에서 선생님의 일은.

"아이들이 부딪혀 다칠 때,
다시 일으켜 세워주는 것.
필요할 때 보호해 주는 것.
그리고 상처 난 마음을 치료해 주는 것."

왕따였던 선생님이 들려주는 이야기

아이들에게 건네는
유일한 선물

유튜브를 시작하고 나서 이런 질문을 종종 받았다.

"학급 운영이 독특한데, 어디서 그런 영감을 얻으세요?"

그럴 때마다 나는 내 어린 시절을 떠올린다.

"어릴 때 시골 어촌마을에서 자랐습니다. 동네에 놀 거라고는 집 앞의 산과 바다뿐이었고, 그 산과 바다에서 새로운 놀이를 만들며 하루하루를 보냈어요."

내가 나고 자란 곳은 충남 보령의 한 어촌마을이다. 학원이라고 해봐야 가정집에서 운영하던 피아노학원 정도였고, 국어·영어·수학을 가르치는 학원도 없었다. 아파트나 빌라 같은 집단 주거 시설도 없으니, 놀이터 같은 시설도 당연히 없었다. 그러다 보니 매일 아침 눈을 뜨면 친구들과 산으로, 바다로 나갔다. 그게 우리에겐 일상이었고, 놀이는 늘 그 자리에서 만들어졌다.

요즘 신도시 놀이터에는 놀이기구가 참 많다. 하지만 내 유년 시절에는 온 세상과 자연이 놀이터였다. 어촌마을이다 보니 동네에는 횟집과 수산물이 많았고, 그 주변으로 물이 흘러나오곤 했다. 지금 생각하면 위생적으로도, 환경적으로도 위험했을지 모른다. 하지만 낭만과 야만이 공존하던 그 시절, 나와 동네 친구들은 그게 위험한지도 몰랐다. 그저 눈앞에 흐르는 물을 두고, "여기서 뭘 해볼까?"를 먼저 생각했다.

바닷가에 횟집과 수산에서 사용한 폐수가 흘러나오면, 해변가의 잡동사니를 모아 댐의 뼈대를 만들고, 그 위에 흙과 모래, 자갈을 얹어 '공사'를 시작했다. 처음엔 댐을 일자로 만들었다가 물이 옆으로 새는 걸 보고, 누가 가르쳐주지 않았는데도 친구들과 의견을 나눴다. "모양을 바꿔야 해." 그래서 아치처럼, 곡선처럼 바꿔 봤다. 물을 더 많이 가두려면 안쪽 바닥을 파야 한다는 것도 몸으로 알아냈다.

동네에는 어구(어업용 도구)도 많아 여기저기 쌓여 있었다. 밧줄이나 그물이 쌓인 곳에 올라 숨바꼭질을 하기도 했

고, 뛰어내리며 괜히 용감한 척을 하기도 했다. 지금 떠올리면 무모하고 위험한 놀이들이었다. 그런데 이상하게도, 그 시간들이 나를 단단하게 만들었다. 여름엔 산에서 매미와 사슴벌레를 잡고, 가을엔 이것저것 생물을 잡아 들여다보며 호기심을 키웠다. 겨울이면 비료 포대나 김장 봉투를 들고 뒷산에 올라 썰매를 탔다. 거창한 장난감이 없어도 그 시절, 나와 동네 친구들은 충분히 바빴다. 그리고 충분히 행복했다.

이런 경험들이 나를 만들었고, 그 경험들은 〈이선생의 영상일기〉안에도 고스란히 녹아 있다. 쇼츠에 나오는 교실 놀이중, 많은 것들은 평소 교실에서 하기 어려운 '낯선 재미'를 일부러 꺼내보려는 시도였다.

예를 들어 라면 파티를 하기로 했을 때, 라면을 그냥 주면 재미가 없다고 생각했다. '라면을 즐기면서도 스릴이 있으면 어떨까?' 그렇게 떠올린 게 줄넘기에 연결한 공을 돌리며 컵라면을 지키는 [컵라면 파밍] 같은 놀이였다.

또 머리에 양동이를 쓰고 스틱을 휘두르며 손수건을 빼는 [꽃으로도 때리지 마라] 같은 놀이는, 유년 시절 내가 하던 놀이의 감각에서 출발했다.

물론 요즘 아이들에게 맞게 규칙을 바꾸고 안전을 챙기며 다시 만든 버전이다. 그 밖의 여러 교실 놀이는 유튜브에서 본 아이디어와 내 유년의 경험이 섞여 탄생했다.

만약 누군가 내 교육활동을 보고 "기발하다." "획기적이다."라고 말한다면, 나는 그 말의 뿌리가 내 유년 시절에 있다고 생각한다. 유년기의 다양한 경험은 아이를 창의적으로 만든다. 그리고 그 창의성은 특별한 재능이라기보다, 몸으로 부딪히며 얻은 감각에 가깝다. 그래서 나는 지금도 제자들을 데리고 인문환경이든 자연환경이든 가리지 않고, 낯설고 새로운 공간을 찾아 나선다.

"익숙함을 떠날 때,
가능성이 열릴 거야."

공부는 왜 맨날
하기 싫을까?

나는 공부를 정말 싫어하는 학생이었다. 그런데도 나는
어머니에 의해 공부를 '당했다.' 과한 표현이 아니다. 초등학
교에 입학하기 전, 유치원에 다니던 때부터 어머니는 하루
2~3시간씩 내게 한글과 덧셈·뺄셈을 가르치셨다. 초등학교
에 들어가서는 매일 최소 2시간 이상 집에서 읽고 쓰고 문제
를 풀었다. 여름·겨울방학에는 하루 5시간 이상 공부했다.
내가 살던 동네에는 학원이란 개념이 거의 없었으니, 공부
는 늘 집에서 이루어졌다.

공부를 하지 않으면 자유시간도 없었고, 용돈도 없었다.
그렇게 어머니는 공부를 내 삶의 습관으로 만들어 놓으셨

다. 어머니가 공부를 강요하신 이유는 단순했다.

"너는 공부해서 사람답게(?) 살았으면 좋겠다. 힘든 일 하지 말고, 많은 사람의 존경을 받으며 살았으면 좋겠다."

그 말 한 문장에 어머니의 가치관이 담겨 있었다고 생각한다. 어촌마을에서 부모님의 생계는 늘 고단하고 위험했다. 추운 겨울, 칼바람 부는 바다에서 배를 타고 일을 하셨고, 한여름 폭염 속에서도 긴팔 긴바지를 입고 용접을 하셨으며, 좁은 어선 기관실에 들어가 기계 일을 하셔야 했다. 아버지의 그런 삶을, 어머니는 자식에게 물려주고 싶지 않으셨을 것이다. 더 깊게 말하자면, 어머니는 자신의 삶을 나에게 투영해 "다른 길"을 주고 싶으셨는지도 모른다.

어머니의 노력 덕분에 나는 초등학교 때부터 공부로는 늘 상위권이었다. 특출나게 뛰어나진 않았지만, 적어도 "공부 잘한다"는 말을 들으며 학창 시절을 보냈다. 그런데 공부를 하면서도 내 마음은 늘 공허했다. 몰입이 잘 되지 않았고, 내적 동기가 거의 없었다. 그 이유는, 나는 공부를 '원해서'가 아니라 '해야 해서' 해왔기 때문이다. 목적도 뚜렷하지 않았다. 그저 어른들이 말하는, 산업화 시절의 성공 공식을 따라가고 있었다.

'공부를 열심히 해서 좋은 대학에 가고, 전문직 시험을 보

거나, 대기업에 들어가거나, 공무원이 되는 길.'

나는 스스로 길을 선택한 것이 아니라, 어른들이 정해준 길 위를 '그냥' 걷고 있었다. 그러니 공부가 즐거울 리 없었다. 물론 행복한 순간이 아예 없었던 건 아니다. 중간·기말고사에서 좋은 점수를 받거나 고등학교 때 모의고사에서 1등급을 받으면, 노력에 대한 보상을 받은 것처럼 잠깐 기뻤다. 하지만 그 기쁨은 오래 가지 않았다. 다시 공허함이 돌아왔다.

지금도 내 제자들은 학교가 끝나면 국·영·수 학원으로 향한다. 선행학습으로 중학교 과정을 미리 배운다. 많은 부모님은 여전히 "입시에 성공해 좋은 대학에 가야 좋은 삶을 살 수 있다."고 믿는 것 같다. 사교육 시장은 그 믿음을 붙잡고, 사교육 소비자들로 하여금 더 큰 불안을 만들어낸다. 초1부터 고3까지 12년 동안 "지금이 가장 중요한 시기"라는 말로, 부모의 지갑과 마음을 동시에 흔든다. 나는 우리나라의 입시 사교육은 10년쯤 뒤엔 결국 망할 것이라 생각한다. 왜냐하면 저출산으로 수험생 자체가 줄고 있기에, 예전과 같은 '학벌의 희소성'은 앞으로 더 약해질 가능성이 크다. 그 변화의 분위기가 '의대 쏠림' 같은 현상으로 드러나는 것 같다는 생각을 한다. 한때는 '스카이'가 상징이었다면, 요즘은 "스카이 나와도 미래가 불안하다, 결국 의대다"라는 분위기에 각 지역 학원가에는 '의대반'이 신설되고 있다. 물론 그 사교육 시장은 입시에서 이제 체육, 음악, 미술 등 '하나뿐인' 내 아이를 더 건강하고 특별하게 만들어 주는 시장으로 옮겨갈 것으로 보인다.

여기부터는, 일개 교사가 조심스럽게 하는 '미래 이야기'다. 재미로 읽어주셨으면 한다. 내가 보는 큰 흐름은 두 가지다. 저출산과 AI. 출산율 하락은 한국에서 특히 극명하게 나타나고 있지만, 세계적으로도 비슷한 흐름이다. 그리고 AI는 더 많은 일을 인간 대신 해낼 것이다. 사람은 더 이상 모든 지식을 머릿속에 쌓아두기보다, 필요한 순간에 꺼내 쓰는 방식으로 살아가게 될지도 모른다. 그 과정에서 중요한 능력은 '암기'보다 '활용'이 될 것이다. 저출산으로 학벌의 가치가 떨어지고 AI 때문에 인간이 해야 할 일에 대한 정의가 바뀌고 있다. 그래서 나는 저출산과 AI 때문에 미래 사회는 학벌주의에서 능력주의로 조금씩 이동할 거라고 생각한다.

그렇다면 우리는 '공부'의 정의를 바꿔야 한다. 지금까지 우리 사회에서 공부는 대체로 국·영·수 중심의 입시교육을 뜻하는 경우가 많았다. 하지만 학벌의 시대가 흔들리고 능력의 시대가 온다면, 공부는 점점 "입시를 위한 준비"가 아니라 "자기 능력을 기르는 과정"이 되어야 한다. 그 능력은 무엇이든 될 수 있다. 혼자 여행을 즐겁게 해내는 능력, 밥을 맛있게 먹는 능력, 말을 재미있게 하는 능력, 춤을 추고 노래를 부르는 능력, 유튜브를 포함한 SNS 플랫폼을 다루는 능력…. 셀 수없이 많다. 그리고 나는 그 모든 능력의 바탕에 공통된 두 가지가 있다고 믿는다.

'창의력과 실행력.'

창의력은 새로운 경험에서 자라고, 실행력은 작은 도전들이 쌓여 길러진다. 그래서 내가 생각하는 앞으로의 공부는, 결국 다양한 경험을 쌓는 것이다.

"선생님은 너희들에게 가능한 한
많은 경험을 선물해 주고 싶어."

2.
즐거운 학교생활

관계를 지키는
말 한 마디

아이들에게 학교가 즐겁지 않을 때는 언제일까?

나는 학생으로 12년을 학교에 다녔고, 교사로 10년 동안 아이들을 가르쳤다. 그 경험으로 보면 수업이 재미없어서, 급식이 맛없어서, 숙제가 많아서 학교가 힘들어지는 경우는 생각보다 많지 않았다. 아이들이 진짜로 무너지는 순간은 대체로 관계가 흔들릴 때였다.

아이들의 학교에서 관계는 크게 두 갈래로 나뉜다. 선생님과의 관계, 그리고 친구들과의 관계. 선생님과의 관계는 아이가 잠깐 '망가졌다'라고 느껴도, 실제로 완전히 무너지는 경우는 드물다. 아이들은 실수하고, 인정하고, 다시 배우는 존재이고, 대부분의 선생님은 그 과정을 교육의 일부로 받아들인다. 그래서 선생님과의 관계는 불편해질 수는 있어도, 대개는 다시 회복될 여지가 남아 있다.

하지만 친구 관계는 다르다. 아이들에게 친구들과의 관계가 흔들린 교실은, 그야말로 지옥이 되기도 한다. 우리는 초등학교에 입학하는 순간부터 관계를 배운다. 마음에 맞는 친구에게 먼저 말을 걸어보고, 대답을 듣고, 함께 웃고, 그러다 때로는 말실수로 관계를 망쳐보기도 한다. 반대로 말 한마디로 천 냥 빚을 갚듯, 따뜻한 말 한마디로 단짝 친구를 얻기도 한다. 학교는 이런 사회적 상호작용을 몸으로 배우는 곳이다. 그리고 선생님은 아이들이 부딪히며 배우는 그 과정이, 가능한 긍정적인 방향으로 흘러가도록 돕는 사람이다. 방법은 선생님마다 다르지만, 마음은 비슷하다.

학교생활을 즐겁게 만드는 방법은 의외로 단순하다. 관계를 건강하게 만드는 것. 그러기 위해 가장 먼저 필요한 건 말과 행동을 조심하는 일이다. 그래서 나는 우리 반 아이들에게 자주 이런 말을 한다.

"아무 일도 하지 않으면 아무 일도 일어나지 않는다." 이 말은 친구 관계에서도 그대로 적용된다. 학교생활을 하다 보면 가만히 있는 친구에게 굳이 다가가 불필요한 장난을 걸거나, 불필요한 신체접촉으로 친구를 다치게 하거나, 상대에게 불쾌함을 주는 경우가 생긴다. 그럴 때 나는 조용히 묻는다. "아무 일도 하지 않았으면, 아무 일도 안 일어났겠지?"

물론 친구들과 말도 하지 말고, 놀지도 말라는 뜻은 전혀 아니다. 관계는 대화와 놀이 속에서 자란다. 다만 그만큼, 관계를 만드는 말과 행동은 늘 신중해야 한다. 좋은 말과 행동은 친구들을 내 곁에 머물게 하고, 나쁜 말과 행동은 내 주변에 아무도 남지 않게 만들 수 있다.

때때로 지루하다 느끼는 학교 생활은, 꼭 관계에 무슨일이 터지고 나서야 그 지루함이 소중함으로 바뀐다. 그래서 아이들에게 학교생활은 특별한 사고(?)가 없는 것만으로도 행복한 거라고 일러준다. 무슨일이 생기고 나서야 비로소 우리는 아무일도 없음의 평온함과 행복함을 깨닫는다.

많은 이들이, 편안했던 학교 생활이 무심코 내뱉은 말 한마디나 생각없이 했던 행동 하나에 망가지는 경험을 해본적이 있을것이다. 그리하여 학교생활을 즐겁게 만들기 위해 할 수 있는 가장 확실한 일은, 내 말과 행동을 가다듬는 것이다.

"말과 행동은 늘 조심하고
또 조심해야 해."

관계를 지키는 말 한 마디

교실에서 놀아야 하는
이유

> "놀이란 어린이의 **일**이다."
>
> —마리아 몬테소리(Maria Montessori)

> "놀이를 통해 아이는 세상을 배우고, 생각하는 법을 배운다."
>
> —비고츠키(Vygotsky)

대한민국의 합계 출산율은 0.7명대다. 형제자매가 없는 아이들이 자연스럽게 많아졌고, 부모들은 세상에 하나뿐인 내 아이에게 사랑과 정성을 아낌없이 쏟는다. 그런데 역설적으로, 그럴수록 '제대로 놀지 못하는 아이들'도 함께 늘어나는 것 같다.

아이들은 어릴 때부터 보호자의 과도한 돌봄에 익숙해져

혼자 노는 경험이 부족해지고, 또래와 어울리는 기회도 줄어든다. 그래서 또래 관계가 더 중요해졌는데, 집에서 늘 '주인공'이었던 아이들은 또래 속에서 필연적으로 경험하는 협동, 경쟁, 양보를 낯설어하기도 한다. 게다가 요즘 아이들은 영상매체 노출이 많아서, 보고, 듣고, 만지고, 뛰어다니며 오감이 균형 있게 자라기 어려운 환경에 놓여 있다.

나는 놀이가 아이의 몸과 마음을 동시에 키운다고 믿는다. 아이들은 놀이를 통해 신체 감각을 발달시키고, 스트레스를 풀고, 감정을 표현하는 법을 배운다. 또래와 부딪히며 규칙을 익히고, 역할을 나누며 의사소통을 배우고, 함께 어울리는 방법을 자연스럽게 체득한다. 놀이는 아이의 심신을 조화롭게 만들고, 공동체 안에서 살아가는 힘을 '즐겁게' 길러준다. 그래서 나는 담임의 재량으로 운영할 수 있는 '창의적 체험활동' 시간을, 가능한 한 놀이로 채우려고 했다. 그리고 그 놀이들은 크게 두 가지 주제 안에서 구성했다. 첫 번째는 '사랑', 두 번째는 '체육'이었다.

졸업앨범에도 남아 있듯이, 우리 반의 급훈은 '사랑으로'였다. 교실 안에서 '사랑'을 다루는 놀이를 많이 했다. 이유는 여러 가지지만, 가장 큰 이유는 아이들이 좋아했기 때문이다. 초등학교 고학년 아이들은 자연스럽게 사춘기를 지나며 이성에 대한 호기심이 생긴다. 저학년~중학년 때까지만 해도 흐릿했던 남녀 구분이, 고학년에 들어서면서 또렷해진다. 이 시기는 성에 대한 가치관이 형성되기 시작하는 시기라 더 조심스러웠다.

나는 이때 '남자니까', '여자니까' 같은 말로 선을 긋기보다는, 서로의 다름을 인정하고 존중하는 방향으로 아이들을 돕고 싶었다. 이성에 대한 호기심을 억지로 덮는 대신, 안전한 교실 안에서 건강하게 풀어갈 수 있도록 길을 만들고 싶었다. 내게 그것은 바람직한 방향의 성교육이자, 아이들이 자기 감정을 알아차리고 표현하는 연습이었다.

이런 명분을 세우고 나서, '사랑'을 주제로 한 놀이를 시작했다. 남녀 간의 호기심과 감정은 시대를 막론하고 뜨거운 주제라 아이디어도 비교적 쉽게 떠올랐다. 자유롭고 허용적인 교실 분위기 속에서 아이들은 조금씩 자신의 마음을 말과 글로 표현했다. 유치원이나 저학년 때처럼 이성 친구와 손을 잡아보는 경험도, 아이들에게는 낯설지만 신기한 배움이었다. 처음엔 손끝만 닿아도 몸서리치던 아이들이, 두 번 세 번 반복되는 경험과 주변의 변화를 보며 조금씩 달라졌다. 이름을 부르고, 다가가고, 손을 내미는 작은 행동만으로도 아이들은 눈에 띄게 성장했다. 무엇보다 아이들은 그 시간을 정말 즐거워했다. 물론 비판이 없었던 건 아니다.

"아이들 데리고 도대체 무슨 짓인가?"

"학교에서 연애를 조장하는 건가?"

"중학교 가서는 어차피 공부해야 하는데 무슨 헛바람인가?"

대체로 청소년기의 연애를 부정적으로 보는 시선에서 나오는 말들이었다.

그럼에도 나는, 청소년기의 이성에 대한 호기심과 '좋아하는 마음'을 완전히 막을 수는 없다고 생각했다. 나도 그랬고, 그 시절을 떠올려보면 대부분의 어른도 비슷한 감정을 겪었을 것이다. 문제는 그 마음이 늘 '부끄러운 것'으로만 취급됐고, 감정을 표현하는 법을 배운 적이 없다는 데 있었다. 그래서 나는 교실에서 '놀이'의 형태로, 아이들이 자기 감정을 조금씩 표현해보도록 돕고 싶었다. 내 나름대로는 또 다른 형태의 성교육이었다.

물론 이때 '사귄다'는 말의 의미는 어른들의 그것과 다르다는 점을 분명히 했다. 아이들과 함께 우리 반에서의 '사귄다'를 새롭게 정의했다. 우리 반에서 '사귄다'는, "조금 더 친하다" 혹은 "조금 덜 친하다"에 가까운 말이었다.

두 번째 교실 놀이의 핵심 주제는 '체육'이었다. 아이들은 대부분 체육을 좋아한다. 하지만 우리 학교는 체육을 할 만한 공간이 넉넉하지 않았다. 60개가 넘는 학급이 단 하나의 체육관을 나눠 써야 했고, 신도시 특성상 운동장도 비좁았다. 아이들이 마음껏 뛰어놀 물리적 공간이 절대적으로 부족했다. 그렇다고 체육을 좋아하는 아이들에게, 체육을 포기하게 할 수는 없었다. 나 역시 체육을 좋아했던 학생이었고, 체육이 가진 교육적 가치를 높게 평가하는 교사였다. 그래서 떠올린 것이 '가가볼'로 대표되는 교실 체육이었다. 교실은 누구의 눈치도 보지 않아도 되는, 우리만의 공간이었다. 나는 교실 안에서 할 수 있는 다양한 체육 활동을 구상했고, 아이들의 순발력과 민첩성을 기를 수 있는 놀이 형태로 진행했다.

체육에서 가장 중요한 건 아이들의 흥미와 참여도라고 생각한다. 그래서 반복으로 지루해질 때면, 기존 놀이에 우리 반만의 색을 입혀 변형을 줬다. 그 대표가 '짝 가가볼'이었다. 남녀가 짝이 되어 한쪽은 수비, 한쪽은 공격을 맡아 협동하는 방식이었다. 조금만 바꾸고 협동 요소를 넣었을 뿐인데, 아이들의 참여도는 놀랍게도 확 올라갔다. 마침 '사랑' 관련 놀이를 병행해오던 분위기 덕분에 아이들은 '짝 가가볼'을 더 좋아했다.

그 밖에도 컵스태킹, 플레이스틱, 원마커 같은 소도구를 활용해 교실 체육을 놀이로 운영했고, 그 기록을 〈이선생의 영상일기〉에 쇼츠 형태로 남겨두었다. 영상마다 웃음소리와 비명(?)이 가득했던 이유는, 놀이에 '동기'가 있었기 때문이다. 선생님과의 대결, 게임처럼 얻는 보상 아이템 같은 장치도 도움이 됐다. 하지만 경험상 가장 강력한 동기는 따로 있었다. 선생님이 아이들과 '함께' 노는 것.

> "선생님과 아이들이 '함께' 노는 것.
> 그것만으로 충분했다."

매해 2월마다 해야 하는 운명의 뽑기
그리고 관찰카메라

나는 교과전담교사를 해본 적이 없다. 지난 10년 내내 담임교사로만 아이들과 함께했다. 그렇게 나는 10번의 '뽑기'를 경험했다.

선생님들은 매해 2월, 새 학기 시작을 앞두고 운명의 뽑기를 한다. 어쩌면 그해의 교직 생활을, 어떤 해에는 교직 인생의 결을 바꿔버릴 수도 있는 뽑기다. 특히 내가 근무했던 학교처럼 학급 수가 많은 곳은 그 스릴이 더 크다.

"교권 침해 이력이 있는 아이가 '가'반에 있다더라."

"툭하면 교무실로 찾아오고 민원도 잦은 학부모가 '나'반에 있다더라."

"학폭 가해 경력이 있는 학생이 '다'반에 있다더라."

선생님들은 매년 2월이 되면, 좋은 아이와 좋은 학부모를 만나길 조용히 소망한다.

그런데 나는 반 뽑기에 꽤 무던한 편이다. 자랑은 아니지만, 매년 "초등학교 시절의 나보다 더한 애는 없다"는 긍정적(?) 마음으로 한 학기를 시작한다. 다만 올해 2월, 작년 5학년 선생님들로부터 우리 반 아이들 몇몇에 대한 이야기를 들었을 때는 생각이 많아졌다. '수업 태도가 좋지 않다, 친구 관계 문제가 있다, 까다로운 학부모도 있다'는 말들이었다.

나도 사람이었기에 최대한 객관적으로 보려 애썼지만, 3월 3일 첫 만남에는 어느 정도 색안경을 끼고 들어갈 수밖에 없었다. 개학 첫날, 아이들의 이름과 얼굴을 매치시키며 출석을 부르는데 머릿속에 자꾸 이런 생각이 떠올랐다.

'아, 얘가 관계를 어지럽힌다는 그 아이구나.'

'아, 이 아이는 엄마가 유난하다는 그 아이구나. 조심해야겠다.'

그런데 이렇게 색안경을 끼면서도 나는 매해 다짐하는 게 있다. '직접 겪어보기 전까지는 결론을 내리지 말자.'

나 역시 모범적인 학창 시절을 보내지 못했으니까. 그래서 아이들에게 말을 걸고 대화를 시작했다.

3월 한 달 동안 아이들의 개성을 천천히 살폈다. 산만한 아이, 조용한 아이, 활동적인 아이, 정적인 아이…. 그리고 놀랍게도, 한 달쯤 지나자 나는 깨달았다. '우리 반은 생각보다 훨씬 괜찮다. 아니, 꽤 괜찮다.'

그걸 빨리 알아차릴 수 있었던 건 올해 시작한 유튜브 채널의 영향이 컸다. 우리 반의 일상은 매일 카메라에 담긴다. 담임인 나는 촬영한 영상을 집에 가져가 밤마다 편집했다. 졸업 무렵이면 자료가 수 테라바이트에 이를 만큼 방대했고, 촬영 시간만 해도 수백 시간이 됐다.

편집을 하다 보면 별의별 장면을 다 보게 된다. 수업 시간에 누가 누구와 몰래 밀담(?)을 나누는지, 어떤 과목에서는 집중하고 어떤 과목에서는 딴짓을 하는지, 심지어 수업 시간에 누가 누구를 유난히 오래 바라보는지까지…. 교실에서 스쳐 지나가는 장면들이 내가 보는 편집 화면 안에서는 오래 머문다.

유튜브를 하며 촬영된 교실의 장면들은 교사인 나에게 아이들을 더 깊이 이해할 기회를 줬다. 지난 담임선생님들의 말이 내게 씌워준 색안경은 조금씩 벗겨졌다. 내가 직접 설치한 카메라 속에서 아이들은 각자의 색으로 말하고 행동하며 신호를 보냈다. 16:9 화면의 구석, 녹음 파일 속 작은 추임새까지. 모든 것이 아이들이 '날것 그대로' 보여주는 시그널이었다. 내가 할 일은 그 신호를 잘 읽고, 각자의 개성에 맞게 이해하고 보듬는 일이었다.

"색안경 낀 선생님의 눈보다,
카메라가 너희를 더 정확하게 보더라."

매해 2월마다 해야 하는 운명의 뽑기 그리고 관찰카메라

학교
폭력

올해 나는 학교에서 학교폭력 책임교사를 맡았다. 쉽게 말하면, 학생들 사이에서 학교폭력이 신고되면 그 사안을 접수하고 절차를 안내하며 교육청 단계로 연결하는 역할이다. 일이 시작되면 먼저 당사 학생들의 이야기를 확인하고, 사안이 일방인지 쌍방인지 정리한다. 필요한 확인서와 동의서를 받고, 분리 의사를 묻는다. 이후 사안의 성격에 따라 학교 안에서 조정으로 풀 것인지, 교육청의 조사 지원을 요청할 것인지도 결정하게 된다. 성 관련 사안은 더 엄격하게 다뤄지는 편이고, 그 외의 사안들은 정해진 흐름 안에서 차례대로 진행된다.

막상 맡아보니, 이 업무는 '갈등 해결'이라는 목적과 별개로 행정의 무게가 상당했다. 한 번 접수되면 서류는 끝없이 쌓이고, 연락은 끊임없이 이어진다. 그리고 무엇보다, 마음에 날이 서 있는 보호자들과 상담해야 하는 순간들이 생긴다. 아이들 사이에서 벌어진 일인데, 어른들의 감정이 사안 위로 겹겹이 올라앉는 느낌을 받을 때도 많았다.

그런데 더 씁쓸한 순간은 따로 있었다. 그 많은 과정을 거쳐도, 결론이 '학교폭력 아님'으로 정리되는 경우가 적지 않다는 것이다. 설령 학교폭력으로 인정되더라도, 가장 경미한 조치로 마무리되는 경우도 많다. 결국 "미안하다"는 말 한마디에 이르기까지 수십, 수백 장의 서류가 오가고, 그 사이 아이들은 다시 그 일을 꺼내 말해야 한다. 어른들은 각자의 논리를 세우고, 아이들은 그 틈에서 또 한 번 흔들린다.

진짜 문제는 바로 그 지점이었다. 제도는 아이들의 갈등을 해결하기 위해 존재하지만, 실제로는 아이들의 아픔을 다시 들추는 부작용을 동반했다. 특히 '분리조치'는 필요할 때도 분명 있지만, 그 과정 자체가 또 다른 상처가 되기도 한다. 누군가 교실 밖으로 나오게 되는 순간, 아이들은 금세 눈치로 알아챈다. "저 친구가 무슨 잘못을 했나 보다." "학폭 가해자인가 보다." 교육청 학교폭력처리 메뉴얼에는, 학생들에게 낙인

이 생기지 않도록 해야 한다고 나와있지만, 교실의 공기는 그렇게 단순하지 않다.

올해 내가 맡았던 사안 중에는 이런 경우도 있었다.(우리 반은 아니다) A가 같은 반 친구 B를 학교폭력 가해 학생으로 신고했고, 분리를 원했다. 그런데 B 또한 "A도 나에게 학교폭력을 했다"고 주장하며 A를 신고했고, 마찬가지로 분리를 요구했다. 학교는 처음엔 A를 특별실 1, B를 특별실 2로 각각 분리해 두 학생 모두 교실 밖에서 수업을 받게 했다. 각 학생을 위한 보결 교사도 배정했다. 하지만 학교 여건상 그 상태를 오래 유지하기는 어려웠고, 결국 어느 날은 A가 교실에서 수업을 듣고 다음 날은 B가 들어오는, 이른바 '퐁당퐁당' 방식으로 분리 조치가 시행되었다. 그러나 정해진 기간이 지나면 두 학생은 다시 같은 교실로 돌아온다. 그 과정을 지켜보며 나는, 어떤 순간에는 내가 한편의 코미디 한가운데 서 있는 것 같은 기분을 느꼈다. 웃기다는 뜻이 아니라, 제도가 학교의 현실과 아이들의 마음을 따라가지 못하는 장면을 눈앞에서 보는 느낌이었다.

모든 선생님은 지금 이 순간에도 학급에서 학교폭력이 발생하지 않도록 최선을 다하고 계신다. 그럼에도 갈등은 예고 없이 찾아오고, 선생님의 노력과 별개로 학교폭력이 터질 때가 있다. 큰 행운이 따른 덕분에 내가 지난 10년 동안 담임을

리바이어던으로 하는 학교폭력예방교육

맡은 반에서는 학폭 사안이 없었고, 이 행운을 계속 이어가고 싶었다. 그래서 매해 아이들의 특성과 학년에 맞춰 예방교육을 해왔다.

올해는 6학년이었고, 마침 사회과에 우리나라의 정치 발전 단원이 있었다. 나는 국가 성립 이론 중 '사회계약설'을 활용해 학교폭력 예방교육을 해보면 좋겠다고 생각했다. 그래서 토마스 홉스의 『리바이어던』을 가져왔다. 수업의 핵심은 단순했다. 자연 상태에서는 서로가 서로에게 위협이 될 수 있으니, 사람들은 자신의 안전을 위해 '약속'을 만들고, 그 약속을 지키게 하는 힘을 한데 모아 공동체를 지켜낸다는 이야기.
나는 그 이야기를 우리 반의 언어로 바꿨다.
"우리 반의 안전을 지키기 위해, 우리 반 26명의 힘을 한데 모으자.”

　그리고 그 힘을 담임인 나에게 맡기기로 아이들과 합의했다. 아이들은 선생님을 단순히 가르치는 존재가 아니라, 우리의 안전을 지키기 위해 힘을 위임받은 존재로 다시 보게 되었다. 학교생활이나 친구 관계에서 어려움이 생기면 주저 없이 도움을 요청했고, 나는 ‘리바이어던’으로서 그 요청에 응했다.

　이 모든 과정을 영상으로 촬영해 유튜브 채널에 올려두었다. 혹시라도 문제가 생겼을 때, 선생님의 개입이 ‘기분’이나 ‘즉흥’이 아니라, 아이들과 함께 만든 약속과 합의 위에서 이루어진다는 것을 남기고 싶었다.

　다행히 1년 동안 우리 반에서는 학교폭력 사안이 한 건도 없었다. 그래서 ‘리바이어던’인 담임의 힘(?)을 아이들이 실감할 일도 없었다. 이 활동은 아이들로 하여금 선생님의 생활지도에 대해 정당성을 부여했다. 하여 학교폭력 예방 효과 뿐만 아니라 교권 제고에도 꽤 도움이 되었다. TMI 하나를 덧붙이자면, 우리 반 26명과 담임인 내가 있는 단톡방 이름이 이때 만든 그대로 남아있다.

“이바이어던.”

선생님, '싸가지 없다'는
말의 뜻을 아세요?

2016년 4월, 나는 인천의 한 초등학교로 발령을 받았다. 첫해 2학년 담임이었다. 발령받은 학교의 교감 선생님께서 나를 교무실 맞은편 방송실로 부르셨다.

"미안한데… 선생님이 맡아주셔야 할 반에 문제가 조금 있어요."

알아보니 그 반에는 '문제가 있다'고 전해진 학생이 두 명 있었고, 진짜 문제는 한 학생의 학부모가 몹시 극성이었다. 불쑥 교장실과 교무실을 찾아오는 것은 물론, 담임에게 폭언까지 일삼아 기존 담임 선생님이 버티기 힘들어하셨다고 했다. 결국 그 선생님은 의원면직(사표)을 내셨다.

교직에 몸담아본 적 없는 분들은 잘 모르실 수도 있다. 교직에서 의원면직을 하는 일은 흔하지 않다. 특히 50대 교사가 명예퇴직도 아닌, 즉흥적으로 의원면직을 한다는 건 매우 이례적인 일이다. 명퇴는 명예 퇴직금이 따라오지만, 의원면직은 말 그대로 퇴직금 없이 직을 내려놓는 선택이기 때문이다. 도대체 어떤 사연이 있었을까. 궁금증보다 먼저 두려움이 앞섰다.

첫해의 나는 교사로서 정말 많이 부족했다. '문제가 있다'고 들은 두 학생을 색안경 낀 채로 교실에서 마주했다. 나는 그 아이들을 늘 경계했고, 학부모도 언제든 내 교실을 뒤집을 수 있는 사람처럼 느꼈다. 조심, 또 조심했다.

지금 돌아보면, 그때의 나는 비겁했다. 민원을 피하고 싶어서 내 소신대로 학급을 운영하기보다, 오히려 학생의 눈치를 보며 교실을 굴렸다. 문제를 만들지 않기 위해 그 아이들에게 더 많은 기회와 웃음을 주고, 선생님을 좋아하게 만들면 민원을 막을 수 있을 거라 생각했다. 나는 '교육'이 아니라 '예방'으로 버티고 있었다.

그러던 어느 날, 도저히 참을 수 없는 일이 벌어졌다. 우리 반에는 부모님이 곁에 없는 조손가정 학생이 있었다. 그 아이에게 누군가 이렇게 말했다는 제보가 들어왔다.

"너 우리랑 놀려면, 놀 때마다 500원씩 내."

사실관계를 확인하니, 두 학생 중 한 명이 그런 말을 했고 돈을 받은 것도 인정했다. 순간 머리가 뜨거워지고 가슴이 무너져 내렸다. 2학년 교실에서—아이들 사이에서—그런 일이 벌어졌다는 사실이 너무 분노스러웠다. 그래서 나는 이성을 잃었다. 그리고 해서는 안 될 말과 행동을 했다.

고작 2학년 아이에게 나는 "이 싸가지 없는 자식" "어디서 감히 그런 못된 행동을 하냐" 같은 폭언을 쏟아냈다. 강제로 사과시키기 위해 교실의 공기를 일부러 차갑게 만들었다. 때리지는 않았지만, 지금의 눈으로 보면 그 모습은 분명 '위력'이었다. 아이를 가르치는 사람이, 아이에게 공포로 반응한 순간이었다.

고작 초등학교 2학년이었다. 그리고 그 장면을 지켜보던 아이들의 얼굴에서 미소는 사라지고 공포가 자리 잡았다. 잘못을 한 아이도, 잘못을 '이해'해서 반성한 게 아니라 그저 상황이 주는 두려움에 눌려 있었다.

당연히 그날, "싸가지 없는 자식"이라는 말을 들은 학생의 학부모는 교장실로 찾아오셨다. 나는 교장실로 호출됐다. 교장선생님께서 조용히 물으셨다.

"선생님, '싸가지 없다'는 말의 뜻을 아세요?"

교장선생님은 그 말이 '싹이 없다'는 뜻이라고 알려주셨다. 학교에서 학생을 가르치는 일이 업인 선생님이, 이제 막 자라나는 새싹에게 '싹이 없다'고 말하는 건 해서는 안 되는 표현이라고도 조언하셨다. 격분해 찾아온 학부모를 30년 경력의 교장선생님께서 능숙하게 진정시키셨다. 나는 학부모 앞에 머리 숙여 사죄했고, 사건은 일단락됐다.

그날 퇴근길에 나는 곰곰이 생각했다.

"나는 '혼'을 낸 걸까?
'화'를 낸 걸까?"

선생님은 '화' 대신
'혼'을 낼 거야

나는 올해, 교직 10년 만에 처음으로 아이들에게 화를 내지 않았다.

작년까지도 나는 교실에서 소리를 질렀고, 특히 작년과 재작년에는 배구부 아이들에게 툭하면 화를 냈던 부끄러운 과거가 있다. 더 솔직히 말하면 교직 초창기에는 체벌을 했던 적도 있다. 그런 내가 올해는 확실히 '화'를 내지 않았고, 아마 앞으로도 그렇게 살 것 같다.

다만 '화' 대신 '혼'을 내기로 했다. 말장난처럼 들릴 수도 있다. 하지만 내게 '화'와 '혼'은 분명히 다르다. 6-4반 아이들을 처음 만난 날, 나는 아이들에게 이렇게 당부했다.

"올 한 해, 선생님이 너희에게 '화'를 내지 않을게. 대신 너희도 서로에게 '화'를 내지 않았으면 좋겠어."

아이들은 모두 의아해했다. 선생님이 '화'를 안 낸다는 말이, 아이들에게는 낯선 약속처럼 들렸을 것이다.

지난 10년 동안 나는 학교에서는 선생님으로, 집에서는 아버지로 살았다. 그렇게 두 역할을 동시에 하며 한 가지 결론에 도착했다.

"아이들은 부모도 닮지만, 담임도 닮는다."

아이들은 은연중에 선생님의 말투와 표정, 행동을 따라 한다. 그래서 사제지간의 성격이 점점 닮아가는 모습을 어렵지 않게 찾아볼 수 있다. 내가 '화'를 내지 않기로 마음먹은 이유도 그 때문이다. 내 제자들이 자라서 주변 사람들에게 쉽게 화를 내는 사람이 되게 하고 싶지 않았다.

그래서 아이들에게 미리 말했다.

"선생님은 '화' 대신 '혼'을 낼 거야."

'화'와 '혼'의 가장 큰 차이는 부정적 감정의 유무다.

'화'를 낸다는 건 상대에게 올라오는 부정적 감정을 그대로 쏟아내는 일에 가깝다. 반면 '혼'을 낸다는 건 부정적 감정은 내려놓고, 잘못된 말과 행동을 교정하기 위해 필요한 말을 하는 것이다. 사람을 무너뜨리는 말이 아니라, 행동을 바로잡는 말이다.

내 경험으로는, '화'로는 아이의 행동을 제대로 바꾸기 어렵다. 아이들은 대체로 순간을 모면하기 위해 반성하는 척을 한다. 겉으로는 "죄송해요"라고 말해도, 마음속에는 공포나 억울함이 남는다. 그러면 관계는 깨지고, 배움은 멈춘다.

생활 지도 전 모든 부정적 감정을 걷어내고, 먼저 이렇게 알려야 한다. "선생님이 지금 이 말을 하는 건, 너를 미워해서가 아니라 네 행동을 바로잡아주고 싶어서야."

감정은 배제하고, 잘못된 말과 행동만 또렷하게 짚어주면 아이들의 반응이 달라진다. 거기에 애정 어린 걱정과 짧은 격려가 더해지면 아이들은 느낀다.

"아, 선생님이 지금 나를 위해주고 계시는구나."

나는 학급을 '타인과의 관계를 배우는 교실'로 만들고 싶다. 그리고 그 관계는 말 한마디로 망가지기도 하고, 말 한마디로 다시 살아나기도 한다. 내 생각에 '화'는 관계를 망치기 쉽고, '혼'은 관계를 지키며 의도를 전달하게 된다. 물론 '혼'은 '화'보다 덜 효과적이고, 더 돌아가는 길처럼 보일 때도 있다. 그럼에도 오랜 시행착오 끝에 나는 이 길이 맞다고 믿는다.

아이들은 학교에서 말과 행동을 하고, 그에 따른 결과를 몸과 마음으로 겪으며 자란다.

"이 말을 했더니 사람이 떠나는구나."

"이 말을 들으니 마음이 따뜻해지는구나."

이런 경험들을 하나씩 수집하며, 관계의 언어를 배운다. 그 과정에서 상처를 주기도 하고, 받기도 한다. 실수도 하고, 칭찬받을 일도 한다. 그것은 너무나 자연스러운 성장 과정이다.

"아이들은 선생님이 '화'를 낼 때와
'혼'을 낼 때를 귀신같이 안다."

선생님,
도와주세요!

아이들의 학교생활 문제는 대부분 친구 관계에서 시작된다.

초등학교 고학년 아이들에게 친구는 전부에 가깝다. 하루의 기분도, 학교에 가는 발걸음도, 자기 자신을 바라보는 눈도 친구 관계에 따라 달라진다. 친구 관계가 흔들리면 아이들의 일상은 금세 무너진다.

"학교에 가기 싫어요."

"학교에서 누구를 만나는 게 두려워요."

이런 말이 집에서 흘러나오기 시작한다. 그나마 이렇게라도 부모님께 말할 수 있다면 아직 괜찮다. 진짜 걱정스러운 경우는, 아무 말도 하지 않은 채 혼자 마음속으로만 버티는 아이들이다. 겉으로는 멀쩡해 보이지만, 속에서는 이미 무너지고 있는 아이들이다.

올해 우리 반에서는 두 번, 학부모님의 도움 요청을 받았다. 부모님이 먼저 담임에게 상담을 요청하실 때면 나는 그걸 하나의 신호로 받아들인다.

'아, 내가 놓친 아이가 있구나.'

'우리 반 어딘가에서 혼자 힘들어하고 있구나.'

그렇게 느껴지면 바로 연락을 드린다.

첫 번째는 A 이야기다.

어머님께서는 전화기 너머에서 울먹이며 말씀하셨다. A가 집에서 밥도 먹지 않고 울면서 이런 말을 했다고 했다.

"내가 잘못해서 친구들이 나를 떠났어. 이제 친구도 없고, 학교를 어떻게 다녀야 할지 모르겠어."

어머님의 목소리에는 아이의 아픔이 그대로 묻어 있었다. 어쩌면 아이보다 더 크게 아파하고 계신 것처럼 느껴졌다. 나는 먼저 어머님을 안심시키고 싶었다. 강력범죄가 아닌 이상, 초등학생의 문제는 아직 다 해결할 수 있다고. 사과할 수 있고, 다시 관계를 만들어갈 수 있다고. 그리고 무엇보다 담임을 믿고, 다음 날 꼭 아이를 학교에 보내달라고 부탁드렸다.

부모님의 태도도 중요하다고 조심스럽게 말씀드렸다. 부모님까지 함께 무너져 있으면, 아이는 '내 문제로 세상 전체가 무너졌다'고 느낄 수 있기 때문이다. 아이에게 부모는 세상이고 우주다. 문제 앞에서 함께 속상해하되, 결국에는 아이에게 "괜찮아, 해결할 수 있어"라고 말해줄 수 있는 존재가 부모여야 한다고 생각한다.

다음 날 A는 학교에 왔다.

그때 나는 A에게 일부러 아주 단단해 보이려 애썼다.

마치 뭐든 해결해 줄 수 있는 사람인 것처럼, 아이가 잠시라도 안심할 수 있도록.

"솔직하게만 말해. 선생님은 어떤 이야기든 다 들을 수 있어."

"이번 일을 통해 이런 말과 행동이 친구들을 내 곁에서 멀어지게 할 수 있다는 걸 배우면 돼. 그걸로 충분해."

아이에게는, 우리 담임 선생님은 내 문제를 100% 해결해 줄 수 있는 능력이 있다는 확신이 필요했다. 그 순간만큼은, 내가 조금 더 커 보이고 싶었다.

A의 이야기는 '뒷담화'에서 시작된 갈등이었다. 아이들 사이에서는 흔한 문제지만, 당사자에게는 세상이 무너지는

일이다. 나는 먼저 A의 말과 행동 중 잘못된 부분을 분명히 짚어주었다. 변명 없이 인정해야 할 부분은 인정하게 했다. 그리고 사과할 마음을 정리하도록 도왔다.

그 다음, 갈등이 생긴 친구들을 불러 이야기를 들었다.

"속상했겠다."

"그 말 들으면 마음이 많이 아팠을 것 같아."

아이들의 마음을 충분히 받아주고 나서 조용히 말했다.

"사람은 누구나 실수하면서 산다. 선생님도 살면서 수없이 잘못된 말과 행동을 했고, 그만큼 사과도 많이 했다.", "우리가 실수할 때마다 관계를 끊어버린다면, 우리 주변에 누가 남아 있을까?", "우리는 아직 초등학생이니까, 실수할 기회도 있고, 다시 시작할 기회도 있는 거야."

아이들은 잠시 고개를 숙이고 생각에 잠겼다. 그리고 A의 이야기를 들어보겠다고 했다. A는 울먹이며 사과했고, 친구들 역시 자신들도 뒷담화를 한 적이 있다며 함께 사과했다. 충분한 시간을 두고 이야기를 나눈 뒤, 관계는 조금씩 제자리를 찾아갔다.

나는 곧바로 A의 어머님께 문자를 보냈다.

"어머님, 아이가 힘들어했던 문제는 잘 해결되었습니다. 이번 일을 통해 아이가 한 단계 성장할 수 있었습니다."

그날 저녁, 어머님께서 다시 연락을 주셨다.

"선생님, 정말 감사합니다. 덕분에 저희 가족이 살았어요."

그 이후로 어머님은 늘 담임인 나를 믿어 주셨다. 학급에서 무엇을 하든 응원해 주셨고, 힘이 되어 주셨다. A 역시 졸업할 때까지 친구들과 잘 지냈다. 단짝도 생겼고, 웃는 얼굴로 학교를 다녔다.

졸업식 날, A의 어머님이 웃으며 다가와 말씀하셨다.

"선생님, 저도 선생님이랑 사진 찍고 싶어요."

서이초 사건 이후, 학부모와 교사 사이의 거리가 점점 멀어지고 있는 이때, 나는 그날 선생님과 학부모 사이를 연결하는 징검다리에 아주 작은 돌 하나를 올려놓은 기분이 들었다.

"학부모님, 선생님을
전적으로 믿으셔야 합니다."

친구를 고자질하는 것 vs 선생님께 도움을 요청하는 것

매해 3월, 새로운 아이들을 처음 만나는 날이면 꼭 당부하는 말이 있다.

나는 아이들에게 친구를 고자질하지 말자고 이야기한다. 그리고 이렇게 덧붙인다.

"친구를 고자질하는 것과, 선생님께 도움을 요청하는 건 전혀 다른 일이야."

아이들에게는 기준이 필요하다. 그래서 나는 기준을 아주 단순하게 정해준다. 친구의 행동으로 내가 피해를 입었다면, 그건 도움을 요청하는 것이고, 피해가 없었다면, 그건 그저 고자질일 뿐이다. 내가 피해를 입었다면 당연히 선생님께 말해야 한다. 그래야 피해를 회복할 수 있고, 같은 일이 반복되지 않도록 막을 수 있다. 하지만 나에게 아무런 피해도 없는데, 친구의 행동을 선생님께 알리는 건 결국 "선생님, 쟤 혼내 주세요. 친구 혼나는 거 보고 싶어요."라는 말과 다르지 않다.

아이들이 이해하기 쉽게 이런 예를 든다. 우리 반 친구가 저 멀리 복도에서 뛰고 있다고 가정해 보자. 복도에서 뛰는 건 분명 학교의 규칙을 어긴 행동이다. 그런데 그 아이가 뛰다가 나와 부딪혀 내가 다쳤다면, 그건 꼭 선생님께 알려야 한다. 친구의 행동으로 내가 피해를 입었으니까. 하지만 저 멀리서 혼자 뛰고 있었고, 나에게 아무 일도 일어나지 않았다면 어떨까. 그때 "선생님, ○○가 복도에서 뛰었어요"라고 말하는 건, 고자질에 가깝다. 그래서 나는 미리 아이들에게 말해 둔다. 그런 고자질을 하면, 선생님은 오히려 고자질한 아이에게 더 큰 책임을 묻겠다고.

물론 어떤 시각에서는 이것을 '공익적 제보'라고 볼 수도 있다. 규칙을 어기는 행동을 알리는 것이 공동체를 위해 필요하다고 말할 수도 있다. 하지만 나는 무엇이 더 중요한 가치인가를 생각해 보게 한다. 내 주관적 기준에서, 모두 중요한 것이지만 굳이 선택을 한다면 학교의 규칙을 지키게 하는 것보다 친구 사이의 신의가 더 소중했다. 다만, 담임에겐 공익을 위한 제보자 역시 필요 했기에 공익적 제보가 가능한 사람을 학급의 회장과 부회장 2명으로 한정했다.

나는 초등학교 1학년 담임을 3년 동안 해본 적이 있다. 1학년 아이들은 정말 별의별 걸 다 고자질한다. 친구가 준비물을 안 가져왔다, 숙제를 안 해왔다, 실내화를 안 가져왔다…. 하지만 그 고자질에는 악의가 없다. 그저 '선생님께 알려야 하는 일'이라고 생각해서 말하는 경우가 대부분이다. 1학년은 이제 막 학교에 들어와 사회화를 시작하는 단계이니, 하나하나 알려주면 된다.

하지만 6학년은 다르다. 6학년이 되어서도 친구를 고자질하는 습관이 남아 있다면, 사회성 발달에 어려움이 있을 수 있다. 그런 습관은 이후 친구 관계를 유지하고 발전시키는 데에도 걸림돌이 된다. 그래서 우리 반 아이들에게 늘 말한다. 친구를 쉽게 이르지 말자고. 때로는 친구의 실수나 허물을 덮어줄 줄 아는 관용도 필요하다고.

학기 초에는 습관처럼 친구를 고자질하는 아이들도 있었다. 그럴 때마다 나는 이렇게 되묻는다.

"어, ○○아. 설마 지금 친구 이르는 거야?", "그 행동이 너에게 어떤 피해가 있었는지 먼저 생각해 보고 다시 말해

줄래?”

이 과정을 한두 달 정도 반복하니, 더 이상 우리 반에서는 친구를 고자질하는 아이가 보이지 않았다. 자연스럽게 교우 관계도 좋아졌고, 아이들은 ‘우리 반’이라는 이름으로 조금씩 뭉치기 시작했다.

물론 부작용도 있었다. 수학 익힘책을 숙제로 냈는데, 해 오지 않은 아이들이 꽤 있었다. 그 아이들은 담임인 내가 학창 시절 그러했듯, 이미 숙제를 다 한 친구에게 조용히 도움을 요청했다. 그리고 함께 문제를 베끼기도 했다. 다섯, 여섯 명이 숙제를 해 오지 않고 친구의 수학 익힘책을 배끼는데도, 아무도 내게 이르지 않았다. 그때 잠깐 이런 생각이 들었다.

‘이게 맞나…?’ 그런데도 마음 한켠이 뿌듯했다. 서로를 지켜주고, 서로를 배신하지 않는 이 과정 속에서, 많은 사람들이 부러워하던 우리 반만의 연대가 만들어졌다고 생각했기 때문이다. 그래서 나는 늘 강조한다. 선생님께 도움을 요청하는 것과, 친구를 혼내 보라고 고자질하는 건 분명히 다르다.

학교생활에서 어려움이 생기면 언제든 선생님께 도움을 요청해야 한다. 하지만 친구가 복도에서 뛰었거나, 숙제를 해 오지 않았거나, 실내화를 가져오지 않았다는 이유만으로 선생님께 이르는 건, 그 행동이 내 삶에 실제로 어떤 어려움도 남기지 않았다면 내가 겪은 문제라고 말하기는 어렵다.

"아이들은 학교에서
관계를 지키는 '말'을 배운다.
나는 그 배움이, 삶에서 가장 중요한 공부라고
믿는다."

선생님, OO이가 눈이 지금
안 보인다고 하네요?

우리 반은 체육을 많이 했다. 기존 체육 시간에 더해 창의적 체험활동 시간을 끌어다 쓰기도 했고, 담임 재량으로 진도가 빠른 다른 과목 시간을 체육으로 바꿔 수업하기도 했다. 그래서 유튜브에 〈모든 수업을 체육으로만 하면 생기는 일〉이라는 영상이 업로드될 수 있었다. 혹자는 그렇게 매일 체육 수업만 하면 다른 과목 진도는 어떻게 나가느냐고 염려하지만, 하루 종일 체육 수업을 한 날은 그날이 처음이자 마지막이었다. 괜한 오해는 없었으면 한다.

체육을 많이 했던 이유는 단순했다. 담임인 내가 학창 시절 가장 좋아했던 과목이 체육이었고, 그 감각은 여전히 내

모든 수업을 체육으로만 하면 생기는 일(수
정본)

제자들에게도 유효할 것이라 생각했기 때문이다. 단순히 감
정적인 이유만은 아니다. 실제로 체육은 정말 중요한 과목
이고, 조심스럽지만 앞으로 가장 중요한 과목이 될 거라고
예측해 본다.

'요즘 아이들'이라는 표현을 쓰면 꼰대라는 말을 듣기 쉽
지만, 그럼에도 요즘 아이들은 10년 전, 20년 전의 학생들보
다 운동량이 절대적으로 부족하다. 이유는 여러 가지가 있
겠지만, 가장 근본적인 원인은 학교 체육 수업이 많이 위축
되었다는 데 있다고 생각한다. 여기에는 개인적으로 일부
극성 학부모들의 영향도 적지 않다고 느낀다.

내가 초임 교사였을 때만 해도 매트 운동, 체조, 뜀틀, 평
행봉 같은 맨몸 운동 수업을 학교에서 자주 볼 수 있었다.
그러나 요즘은 학생들의 '안전' 문제로, 교과서에 있는 활동

임에도 사고 예방을 이유로 하지 않는 경우가 많다. 체육 활동 중 다치기라도 하면 일부 학부모들이 지도 교사와 학교에 책임을 묻기 때문이다. 골치 아픈 민원을 예방하기 위해 체육 수업은 점점 위축되고 있다.

실제로 초임 교사 시절, 뜀틀 수업을 하겠다고 했을 때 학년 부장님께서 이렇게 조언해 주셨다.

"그거 다치면 골치 많이 아플 텐데, 뜀틀을 한다고? 안 하는 게 좋을걸?"

그러다 결국 일이 벌어졌다. 1학년 담임을 할 때의 일이다. 아이들과 통합교과 체육 활동으로 배구 수업을 하던 중이었다. 물론 1학년 교육과정에는 정식 배구라는 종목이 없다. 대신 몸을 쓰는 놀이 위주로 구성되어 있다. 그럼에도 나는 배구가 나의 특기였고, 충분히 변형하면 1학년 아이들에게도 재미있게 가르칠 수 있다고 생각했다. 수업은 실제 배구공이 아닌 폼으로 된 배구공으로 진행했고, 나는 아이들에게 공을 던져주고 있었다. 그때 한 아이가 머리에 공을 맞더니 머리가 아프다고 했다. 잠시 쉬게 한 뒤 보건실에 다녀오라고 했고, 이후 특별한 이상이 없기에 하교를 시켰다.

아이들이 모두 하교한 방과 후 시간, 머리에 공을 맞았던 아이의 어머님께 전화가 왔다. 전화를 받자마자 어머님은

선생님, OO이가 눈이 지금 안 보인다고 하네요?

이렇게 말씀하셨다.

"선생님, OO이가 눈이 지금 안 보인다고 하네요?"

"배구 수업을 하셨다는데, 그게 1학년 아이들에게 적합한 수업이었을까요?"

이 두 마디로 시작된 통화는 수년이 지난 지금까지도 학부모의 목소리와 말투, 톤까지 생생하게 기억날 정도로 내 뇌리에 깊이 박혀 있다.

나는 이유를 따질 겨를도 없이 사과했다.

"죄송합니다. 제가 조금 더 세심하게 아이들 눈높이에 맞는 수업을 했어야 했는데, 그러지 못했습니다."

"얼른 병원에 가보시고, 수업 시간에 발생한 일이니 학교 안전공제회를 통해 병원비가 지원될 수 있도록 바로 조치하겠습니다."

자존심은 없었다. 아이가 눈이 안 보인다는 말에 눈앞이 캄캄해졌다. 정말로 내가 던져준 공 때문에 아이의 시력에 문제가 생긴 거라면, 내 앞날도 여기까지일 수 있겠다는 생각뿐이었다.

한없이 학부모님께 스스로를 낮추고 머리를 조아린 태도 덕분이었을까. 다행히 학부모님께서 나를 신고하거나 학교로 찾아와 민원을 접수하지는 않으셨다. 천만다행으로 증상은 일시적인 것이었고, 다음 날 아이는 멀쩡한 모습으로 등교했다. 이 사건은 체육 수업을 바라보는 나의 생각을 완전히 바꿔 놓았다.

그때 처음으로 이런 생각이 들었다. '나도 살아야겠구나. 이러다가는 소중한 내 직장을 잃을 수도 있겠구나.' 그래서 부끄럽지만 조금 비겁해지기로 했다. 민원이 생길 가능성이 있는 학생과 학부모를 구분하기 시작했다.

아이들과 지내다 보면 담임교사들은 자연스럽게 학생과 학부모의 성향을 알게 된다. 어떤 아이는 피구를 하다 무릎이 까져도 손으로 쓱 피를 닦고 아무렇지 않게 다시 뛰어다니는 반면, 어떤 아이는 조금만 넘어져도 보건실에 가서 한참을 누워 있다. 학부모도 마찬가지다. 아이가 붕대를 감고 와도 "체육하다 보면 그럴 수 있죠"라고 말하는 분이 있는가 하면, 작은 스크래치에 밴드를 붙이고 왔다고 왜 담임이 학부모에게 아이 다친 것에 대해 미리 연락하지 않았느냐며 민원을 넣는 분도 있다.

그래서 민원의 소지가 적은 아이들 위주로 체육을 적극적으로 지도했고, 민원의 가능성이 큰 경우에는 조금만 아프다고 해도 한쪽에 앉아 참관하게 했다. 때로는 활동 전에 먼저 물어보기도 했다. 조금 위험할 수 있는데 체육 활동에 참

선생님, OO이가 눈이 지금 안 보인다고 하네요?

여할 건지. 그리고 속으로 이렇게 빌었다.

“제발 안 하겠다고 해. 제발…”

무엇을 해야 할 지 모를 때는
일단 운동을 하자

“네가 이루고 싶은 게 있다면, 체력을 먼저 길러라.”

“체력이 약하면 사람은 빨리 편안함을 찾게 되고, 그러면 인내심이 떨어진다.”

“피로를 견디지 못하면 승부 따위는 상관없는 지경에 이르지.”

“이기고 싶다면 내 고민을 충분히 견뎌줄 몸을 먼저 만들어.”

“정신력은 체력의 보호 없이는 구호밖에 안 돼.”

드라마 《미생》에서 바둑 사부가 주인공 장그래에게 건넨 말이다. 나는 매해 제자들을 만날 때 이 장면을 꼭 한 번은 보여준다. 살아보니 이 대사는 우리 삶 전체를 관통하는 인생에 대한 조언이었다.

나는 감사하게도 부모님께 비교적 건강한 신체를 물려받았다. 그리고 운동을 즐기는 생활습관을 가지고 살아왔다. 덕분에 삶의 중요한 순간마다 다시 힘을 낼 수 있었다. 그래서 제자들에게 항상 하는 말이 있다. "앞으로의 세상에서는 체력의 중요성이 더 커질 것이다."

지금 내가 만나는 제자들이 살아갈 세상은 어떤 모습일까. 많은 사람들이 AI가 일상을 지배하는 세상이 될 것이라 말한다. 기존의 일자리는 상당 부분 AI로 대체되고, 사람이 해야 할 일은 줄어들 것이라고 한다. 이미 우리는 그 흐름 위에 올라타 있다. 다만 미래는 언제나 예측일 뿐, 미래를 정확히 예측하긴 불가능하다.

하지만 하나만큼은 분명하다. 인구 구조의 변화다. 우리나라의 합계 출산율은 0.7명대이고, 한 해 태어나는 아이는 20만 명 대이다. 이 흐름은 이미 오랜 시간 이어져 왔다. 그렇다면 20~30년 뒤의 미래는 거의 확정적이다. 노인 인구는 압도적으로 많아지고, 젊은 인구는 심각하게 줄어든 사회가 된다.

내가 수능을 보던 해, 내 또래 고3은 약 60만 명이었다. 당시 인서울 대학 정원은 약 5만 명 정도였고, 산술적으로 상위 8~9% 안에 들어야 가능했다. 그러나 지금처럼 수험생 수가 20만 명대인 상황에서 인서울 정원이 그대로 유지된다면, 상위 20%대 학생도 인서울이 가능해진다. 학벌의 희소성과 가치는 자연스럽게 떨어질 수밖에 없다. 국·영·수·사과로 대표되는 입시 주요 과목의 가치는 점점 줄어들고 있다고 느낀다.

그렇다면 학벌을 대신해 미래에 인정받게 될 가치는 무엇일까. 조심스럽게 나는 그것이 '몸과 마음의 건강'이라고 생각한다. 몸과 마음이 건강하면 삶에 활력이 돈다. 삶에 활력이 있는 사람은 창의성을 발휘하고 무엇이든 성실하게 수행할 에너지를 갖고있다. 그래서 체육은 정말 중요하다. 미래가 불확실할수록 삶의 기초는 더 단단해야 한다. 체육은 그 기초를 다지는 과목이다.

요즘 아이들 중에는 자기 몸을 자기 뜻대로 쓰지 못하는 경우가 점점 늘고 있다. 그들은 흔히 말하길 내몸이 내몸이 아닌 상태다. 제때 필요한 신체 활동 경험을 하지 못해, 자기 몸임에도 100% 활용하지 못하는 셈이다. 마치 최신 스마트폰을 사 놓고 전화와 문자 기능만 사용하는 모습과 닮았다.

체육 활동은 심폐지구력과 근지구력을 기를 뿐만 아니라, 내 몸을 온전히 사용하는 법을 알려준다. 공을 주고받으며 눈과 손발이 함께 움직이는 협응력을 기르고, 매트 운동을 통해 순간적으로 몸에 힘을 써야 할 때와 빼야 할 때를 배운다. 단체 운동은 사회성을 키워주고, 성취감을 통해 자존감을 높여준다. 유년 시절의 신체 활동이 지능 발달에도 긍정적 영향을 미친다는 연구 결과는 덤이다.

다행히 최근에는 체육의 가치를 알아봐 주는 학부모님들도 점점 늘고 있다. 다만 공교육에 몸담은 교사로서, 그 가치가 사교육의 배만 불리고 있다는 점은 안타깝다. 우리나라 교육은 입시뿐 아니라 체육에서도 양극화가 심각하다.

경제적 여유가 있는 가정은 체육의 중요성을 일찍 깨닫고 높은 비용을 감수하며 다양한 체육 활동을 시킨다. 유아 시기부터 수영, 축구, 농구는 물론 심지어 집 앞에서 혼자 할 수 있는 줄넘기까지, 거의 모든 영역이 사교육화되어 있다. 반면 그렇지 못한 가정의 아이들은 체육을 공교육에 의존할 수밖에 없다. 하지만 공교육은 안전에 대한 과도한 우려와 구조적 한계로 인해 충분한 체육 활동을 제공하기 어렵다. 체육 활동에서도 양극화는 진행 중이다.

그래서 이런 공상을 해본다. 어차피 사교육을 완전히 막을 수 없다면, 공교육과 사교육이 공생하는 구조를 만들 수는 없을까? 인천을 비롯해 전국의 많은 구도심 학교들은 학생 수 감소로 빈 교실이 엄청나게 늘고 있다. 저출산도 이유지만, 신도시로의 인구 쏠림 현상도 크다. 그 빈 교실을 사교육 업체에 내어주는 건 어떨까. 예컨대 매달 500만 원의 월세를 내고 태권도장을 운영하는 관장님께 학교의 빈 교실이나 체육 공간을 대관료 없이, 혹은 아주 낮은 비용으로 제공하는 대신, 그만큼 학원비를 낮추어 아이들이 이용하게 한다면, 영어학원, 수학학원 원장님들이 비싼 건물 임대료와 관리비를 내지 않고, 학원 차량운행 비용도 아낄 수 있는 학교 건물 안으로 들어오시면 어떨까? 단 아낀 임대료, 관리비, 학원차량 운행비용은 모두 학원비에서 빼주셔야한다. 그렇게 하면 모두에게 이득이고(물론 건물주를 제외하면), 무엇보다 아이들은 저렴한 가격에 높은 수준의 서비스를 제공받을 수 있지 않을까?

"미래가 불확실할수록
삶의 기초는 더 단단해야 해."

우리 반
다이어트 특공대

여름방학을 앞두고 다이어트를 해야겠다고 마음먹었다. 십수 년 동안 꾸준히 운동을 해왔는데, 올해는 유튜브 채널을 운영한다는 핑계로 운동량이 눈에 띄게 줄었다. 몸은 정직했다. 체중은 80kg대 중후반에서 90kg대 중후반으로 훌쩍 늘었고, 어느새 0.1톤에 가까워졌다.

진짜 문제는 체중계에 찍힌 숫자가 아니었다. 일상생활이 불편해졌다는 점이었다. 맞는 바지가 없어 고무줄 운동복만 입고 출근했고, 둔해진 몸으로는 체육 시간에 아이들 앞에서 자신 있게 시범을 보이기 어려웠다. 어떤 운동이든 곧잘 하는 편이라, 시범을 보일 때 아이들이 보내주던 박수 소리

가 체육 수업의 큰 동기였는데, 그걸 더 이상 기대할 수 없게 되었다. 그렇게 나는 다이어트에 대한 의지를 다졌다.

그런데 문득 이런 생각이 들었다.

'지금 내 몸만 이런 게 아닌데….'

자연스럽게 우리 반 아이들 몇 명의 얼굴이 떠올랐다. 나와 비슷한 처지의 아이들이었다. 그 아이들이 눈앞에 아른거려 혼자 운동하는 대신, 아이들과 함께해 보기로 마음먹었다. 방학 동안 학교에서, 또 동네 공원에서 같이 몸을 움직이기로 했다. 같은 처지의 아이들에게 하나하나 연락을 돌렸다. 담임 선생님이 방학 때 아이들을 데리고 운동을 하겠다고 하니, 부모님들께서 거절할 이유는 없었다.

그렇게 지난 학생건강체력측정(PAPS)에서 과체중이나 비만 판정을 받은 아이들을 중심으로 '우리 반 다이어트 특공대’가 만들어졌고, 2주간의 프로그램이 시작되었다.

처음에는 다소 의욕이 앞섰다. 심폐지구력, 근지구력, 근력을 한 번에 기를 수 있는 크로스핏이야말로 다이어트 특공대에게 가장 효율적인 운동이라고 판단했다. 운동 강도만 낮추면 충분히 가능할 거라 생각했다. 하지만 첫날부터 문제가 생겼다. 어지럼증을 호소하는 아이가 나왔고, 아침에 먹은 것을 다목적실 바닥에 토해버린 아이도 있었다. 분명 강도를 낮췄다고 생각했지만, 아이들에겐 여전히 버거운 수준이었다. 이 모든 과정은 〈여름방학 다이어트 교실〉이라는 이름으로 영상에 고스란히 남아 있다.

아이들이 토하는 모습을 보며 적잖이 당황했지만, 겉으로는 태연한 척 다음 날 프로그램을 다시 짰다. 이번에는 조깅이었다. 동네 러닝 트랙에서 요즘 유행하는 ‘슬로우 조깅’을 해보려 했다. 그런데 또 문제가 생겼다. 내 기준의 슬로우 조깅은 아이들에겐 패스트 조깅이었다. 아이들이 가능한 속도는 ‘베리 베리 슬로우 조깅’이었다. 내가 조금 빠르게 걷는 수준과 큰 차이가 없는 속도였다. 그마저도 500m를 연속으로 뛰는 건 쉽지 않았다.

아이들의 체력 수준을 정확히 마주한 뒤 집에 돌아와 고민했다. 어떻게 해야 이 아이들에게 맞으면서도, 재미있는 체육 활동이 될 수 있을까. 운동 능력의 향상이나 결과를 기대하기보다, '몸을 한번 움직여 보자'는 경험부터 만드는 게 맞겠다는 결론에 이르렀다.

그래서 초반에는 장소와 종목을 다양하게 바꿨다. 처음에는 "죽겠다"를 입에 달고 살던 아이들이 시간이 지날수록 점점 진지해졌다. 팔과 다리, 등과 배까지 온몸에 불이 나는 경험을 처음으로 해보는 아이들도 있었다. 그중 가장 효과가 좋았던 운동은 공원 언덕에서 했던 업힐 달리기였다. 경사로를 각자의 능력에 맞춰 전속력으로 올라가고, 충분히 쉬면서 내려오는 방식이었다. 각자의 체력에 맞게 조절이 가능했고, 운동 효과도 분명했다.

짧은 기간 동안 드라마틱한 체중 감량이 이루어진 것은 아니었다. 하지만 혼자였다면 끝까지 해내지 못했을 운동을, 친구들과 함께했기에 끝까지 해낼 수 있었다. 아이들은 그렇게 또 하나의 경험치를 쌓았다.

걱정이 백 가지인 사람도 건강을 잃는 순간 걱정은 단 하나로 줄어든다고 한다. 그만큼 건강은 삶을 지탱하는 가장 기본적인 토대다. 아이들이 자신의 몸을 소중히 여기고, 스스로 가꿀 줄 아는 사람으로 자라길 바란다.

"결국 건강한 몸에
건강한 정신이 깃든다."

아직도 마스크를
벗지 못한 아이들

2013년생인 우리 반 아이들은 2020년, 코로나 시기에 초등학교에 입학했다. 코로나라는 전염병은 학교가 제 기능을 하지 못하게 만들었다. 개학은 연기되었고, 수업은 단축되었으며, 교육부 매뉴얼에 따라 대면 수업은 사라지고 비대면 온라인 수업이 일상이 되었다. 교육부도, 교육청도, 일선 학교도 모두 처음 겪는 상황이었다. 그 시기는 그야말로 혼란의 연속이었다.

개인적인 생각이지만, 코로나 시기에는 제대로 된 교육이 이루어지기 어려웠다. 다행히 전염병은 종식되었지만, 그 시간을 통과한 아이들 중 일부에게는 이상한 습관이 남았다. 바로 마스크 착용 문제였다.

마스크 착용이 의무였던 시기, 아이들은 매일 같이 마스크를 쓰고 생활했다. 그러다 보니 어느 순간 마스크를 쓴 상태가 더 편해졌다. 초등학교 입학과 동시에 선생님과 친구들의 얼굴을 온전히 마주하는 경험을 해보지 못한 아이들은, 자신의 얼굴을 드러내는 일 자체를 부끄러워하게 되었다. 그렇게 마스크는 일부 아이들에게 양말처럼 안 신으면 허전하고, 속옷처럼 안 입으면 민망한 것이 되어버렸다.

그 아이들이 고학년이 되었고, 사춘기를 맞았다. 사춘기가 오며 외모에 대한 관심이 자연스럽게 커졌고, 여기에 우리 사회에 뿌리 깊게 자리 잡은 외모지상주의가 더해졌다. 그 결과 아이들의, 마스크에 대한 집착은 오히려 더 강해졌다. 마스크는 더 이상 호흡기를 보호하거나 감염병을 예방하는 도구가 아니었다. 얼굴을 가리는 '가림막'의 역할을 하게 되었다.

내가 관찰한 마스크에 집착하는 아이들의 모습은 크게 두 가지였다. 첫째는, 외모에 대한 불만으로 얼굴을 가리는 경우다. 이 아이들은 화장을 하거나 컨디션이 좋을 때, 거울 속 얼굴이 괜찮다고 느껴지면 마스크를 벗기도 한다. 하지만 자신감이 떨어지는 날이면 어김없이 다시 마스크를 쓴다. 둘째는, 마스크를 쓰지 않으면 허전할 정도로, 마스크가 상·하의처럼 얼굴에 '입는 의복'이 되어버린 경우다. 이 경우는 외모지상주의보다는 어릴 때부터 마스크를 쓰며 형성된 습관의 연장선으로 보인다.

두 경우 모두 공통점이 있다. 마스크를 통해 자신을 숨기고, 내 얼굴을 타인에게 드러내고 싶지 않은 소극적인 태도다.

나는 아이들이 마스크를 벗기를 바란다. 사람과 사람이 관계를 맺고, 진짜로 소통하기 위해서는 얼굴을 마주해야 한다고 믿기 때문이다. 우리가 사용하는 언어에는 말 그 자체만 있는 것이 아니다. 표정과 몸짓으로 전달되는 비언어적 표현이 있고, 말의 톤과 속도, 억양으로 전해지는 반언어적 표현이 있다. 마스크를 쓰면 이런 표현들이 제대로 전달되기 어렵다. 특히 얼굴에 담긴 분위기와 표정, 미묘한 눈빛은 거의 가려진다. 가까운 사람과, 사랑하는 사람과 진솔하게 소통하기 위해서라도 얼굴은 드러나야 한다고 생각한다.

그렇다고 올해 우리 반 아이들에게 마스크를 벗으라고 강요하지는 않았다. 마스크를 벗지 못하는 데는 나름의 이유가 있을 것이고 시간이 필요하다고 생각했기 때문이다. 다만, 그 이유가 어른들과 사회가 만들어 낸 외모지상주의라는 편견 때문이라면, 한 명의 어른으로서 사과하고 바로잡아 주고 싶었다.

아이들은 미디어 속 연예인의 모습을 자연스럽게 동경한다. 저렇게 예뻐지고 싶고, 잘 생겨지고 싶다는 마음이 드는 건 어쩌면 너무나 당연한 일이다. 하지만 그것은 상업적 목적을 위해 만들어진 아름다움이다. 더 예뻐 보이고, 더 멋있어 보여야 사람들이 따르고, 팬이 생기고, 돈이 된다. 그 구조 속에서 만들어진 외모 기준에 어린 아이들이 휩쓸리지 않기를 바란다.

외면의 아름다움은 필연적으로 시간이 지나면 꽃처럼 시든다. 하지만 내면의 아름다움은 인간의 수명이 다하는 그 순간까지 계속해서 꽃피우며 향기를 낸다.

“외모는 세월 앞에 흘러내리지만,
내면은 세월 속에 더 단단해진다.”

선생님이 부모님께
학원 빼달라고 말씀드려볼게

2017년, 5학년 담임을 맡았던 교직 2년 차에 나는 처음으로 학급 현장체험학습을 시작했다. 사실 그때만 해도 '학급 현장체험학습'이라는 거창한 개념은 없었다. 그냥 주말에 반 아이들을 불러 함께 놀면 좋겠다는 생각, 그 이상도 이하도 아니었다. 더 솔직히 말하면, 어떤 교육적 가치에 대한 깊은 고민도 없었다.

당시 나는 자전거 타기에 푹 빠져 있었다. 자전거를 탈 때 반 아이들과 함께 타면 더 재미있겠다는 단순한 생각으로 시작했다. 그렇게 아이들과 자전거를 타고, 라면을 끓여 먹었다. 지금 생각해 보면 정말 무모했다. 학교 내부 결재도,

공식적인 계획도 없이 진행된 활동이었다. 학교장 승인도 없었고, 안전 계획은 말 그대로 전무했다. 하늘이 도왔던 게 분명하다. 아무런 사고 없이 아이들과 웃으며 자전거를 타고 한강 라면을 먹을 수 있었던 그 시절, 지금도 신께 감사한 마음이 든다.

그해 초여름, 한 학생의 부모님께서 연락을 주셨다.

"선생님, 주말마다 아이들 데리고 자전거 타실 때 선생님 사비로 음식을 사주신다고 들었습니다. 다음번 라이딩부터는 학부모들끼리 십시일반 돈을 걷을 테니, 그걸로 진행해 주셨으면 합니다."

나는 정말 반가웠다. 당시 학급운영비로 1년에 약 20만 원 정도가 지원되었지만, 그 돈은 이미 진작에 다 쓴 상태였다. 아내가

"당신 무슨 돈으로 애들 사주는 거야?"

"설마 우리 집 생활비에서 쓰는 건 아니지?"

라고 물을 때마다 학급운영비라고 둘러대면서도 마음 한편이 늘 무거웠다.

아이들 10명 남짓 데리고 편의점에서 라면과 음료를 사 먹기만 해도 한 번에 3~4만 원은 훌쩍 나갔다. 사회 초년생이자 외벌이 3인 가구의 가장이었던 나에게는 결코 가볍지

않은 부담이었다. 늘 더 좋게, 더 크게 아이들과 시간을 보내고 싶었지만, 결국 걸림돌은 돈이었다. 그런 상황에서 학부모님들께서 먼저 손을 내밀어 주신 것이다.

그 덕분에 행사의 규모는 자연스럽게 커졌다. 원래는 한두 모둠만 데리고 하던 자전거 타기를 학급 전체로 확대했다. 이름도 붙였다. '가족과 함께하는 아라뱃길 자전거 라이딩'. 우리 지역에는 경인아라뱃길이라는 전국적으로도 유명한 자전거 도로가 있었고, 이 길을 아이들뿐 아니라 형제·자매, 학부모님들과 함께 달리면 좋겠다는 생각이 들었다. 그렇게 일은 일사천리로 진행되었다.

안전요원을 맡아주실 아버님들을 섭외했고, 혹시 모를 사고에 대비해 응급 차량도 두 대 준비했다. 모든 과정에서 학부모님들께서는 적극적으로 협조해 주셨다. 그렇게 나는 처음으로 반 아이들 전체를 데리고 하는 학급 현장체험학습을 완성했다.

참여한 학부모님만 해도 20명 가까이 되었고, 아이들의 형제·자매들까지 합치니 50명이 훌쩍 넘는 인원이 모였다. 스물몇 살, 교직 2년 차 교사였던 나는 스스로 벌여 놓고도 '와, 이게 이렇게 된다고?' 싶을 정도로 그 규모에 적잖이 당

황했다.

하지만 학부모님들의 도움은 그야말로 든든했다. 아침부터 수십 인분의 김밥을 싸 오신 어머님들, 치킨집에서 치킨을 포장해 오신 부모님, 피자와 컵라면까지 먹을 것이 차고 넘쳤다. 심지어 어른들을 위한 막걸리와 맥주도 있었다. 부모님들끼리도 자연스럽게 인사를 나누고, 서로 맥주를 따르며 웃었다. 그렇게 '우리 반'이라는 소속감이 차곡차곡 쌓여 갔다. 하지만 그날 일부 아이들은 저녁에 학원 보강이 예정되어 있었다. 아이들은 내게 이렇게 말했다. "선생님, 저희 진짜 더 놀고 싶어요."

분명히 월권이라는 걸 알면서도, 나는 아이들에게 말했다. "선생님만 믿어, 얘들아." 그리고 곧장 학부모님들께 가서 오늘 하루만큼은 학원을 쉬게 해달라고 조심스럽게 부탁드렸다. 다소 무례하게 느껴질 수도 있는 담임의 요청이었지만, 부모님들은 (적어도 겉으로 보기에는) 흔쾌히 이렇게 답해 주셨다.

"그래, 오늘 하루는 평생 잊지 못할 날이 될 것 같네. 그냥 실컷 놀아라."

그 덕분에 아이들은 그날 모든 학원을 빠지고, 해가 질 때까지 아라뱃길 서해 갑문에서 자전거를 타고 텐트와 돗자리를 펴고 마음껏 뛰어놀았다. 그렇게 나는 교직 2년 차에 '학급 현장체험학습'이라는 활동에 완전히 매료되었다.

이런 일이 가능했던 가장 큰 이유는 학부모님들과의 협력적인 관계였다. 학부모님들은 선생님의 아이들에 대한 마음을 알아봐 주셨고, 활동이 다소 미숙하거나 부족한 점이 있어도 이해해 주셨다. 오히려 먼저 손을 내밀어 주셨다. 담임인 나는 그게 너무 감사했고, 그래서 더 아이들에게 진심을 쏟을 수 있었다.

"엄마와 아빠의 사이가 좋아야 아이가 행복한 것만큼, 학부모와 교사의 사이가 좋아야 아이들은 행복할 수 있다."

스스로 불편함을 선택하는
선생님들

학부모가 좋아하는 선생님은 어떤 선생님일까. 수업을 내실 있게 준비하는 성실한 선생님, 아이들의 인성과 생활지도를 꼼꼼히 챙겨 주는 선생님, 학부모와의 소통을 중요하게 여기는 선생님 등 여러 모습이 떠오를 수 있다. 하지만 내가 교직에서 경험하며 내린 결론은 의외로 단순했다. 학부모가 좋아하는 선생님은, 내 아이가 좋아하는 선생님이다. 자녀가 "우리 선생님이 좋아요"라고 말하는데 그 선생님을 미워할 부모는 많지 않다. 오히려 선생님이 아이에게 잘해 주고 있다고 받아들이고, 학교생활에 잘 적응하고 있다는 긍정적인 신호로 인식한다. 그렇게 선생님에 대한 신뢰는 자연스럽게 높아진다.

반대로 아이가 선생님을 싫어한다고 말하면 상황은 훨씬 복잡해진다. 아이가 싫어하는 데는 이유가 있을 것 같고, 학교생활이 만족스럽지 않다는 뜻처럼 느껴지기 때문이다. 부모로서 달갑지 않은 마음이 드는 건 너무나 자연스러운 일이다. 하지만 여기에는 한 가지 중요한 구분이 필요하다. 좋은 선생님과 나쁜 선생님은 아이의 호불호와는 전혀 다른 문제라는 점이다.

가상의 두 선생님을 떠올려 보자. A 선생님은 수업 시간에 아이들이 좋아하는 영화나 드라마를 자주 틀어준다. 교실에서 간식도 자유롭게 먹을 수 있고, 과자 파티도 잦다. 급식은 얼마나 먹든 상관하지 않는다. 지각을 하거나 숙제를 하지 않아도 혼내지 않는다. 아이들에게 많은 자유를 허용하고, 쉬는 시간도 넉넉하다. 언제나 듣기 좋은 말만 해주며 생활기록부도 늘 좋게 써준다. 이런 선생님을 싫어하는 아이는 많지 않을 것이다.

반면 B 선생님은 다르다. 수업 시간에 영화나 드라마를 보여주지 않는다. 대신 매 차시마다 자료를 준비해 체계적인 수업을 하려 애쓴다. 급식을 잘 먹을 수 있도록 교실 내

간식을 허용하지 않고, 과자 파티도 없다. 지각을 하면 학부모에게 연락해 가며 학생을 지도하고, 숙제를 하지 않으면 이유와 책임을 묻는다. 수업의 완성도를 높이기 위해 쉬는 시간을 줄이기도 한다. 아이들의 바른 성장을 위해 때로는 불편한 말도 한다.

대부분의 학부모에게 두 선생님 중 누구에게 자녀를 맡기고 싶은지 묻는다면, 많은 분이 B 선생님을 떠올릴 것이다. 하지만 현실은 그렇게 단순하지 않다. B 선생님의 의도는 아이에게 전달되는 과정에서 한 번 왜곡되고, 그 이야기는 B의 입을 통해 학부모에게 전해지며 또 한 번 왜곡되는 경우를 우리는 너무 자주 본다.

많은 선생님들은 B 선생님의 모습으로 교직을 시작한다. 수업, 생활지도, 급식지도까지 학교생활의 모든 순간에서 아이들을 위한 선택을 한다. 하지만 그 선택이 때로는 "우리 아이를 충분히 이해해 주지 않는다"는 오해로 돌아오고, 아이에게는 '싫은 선생님'으로 기억되기도 한다. 열심히 해도 돌아오는 것은 민원과 부정적인 시선뿐이라는 현실을 마주하며, 일부 선생님들은 점점 A 선생님의 모습으로 변해간다.

이쯤에서 학부모님들께 조심스럽게 되묻고 싶다. "만약 학부모님이 선생님이시라면, A선생님의 하루와 B선생님의 하루 중 어느 쪽이 더 편해보이시나요?" 아마도 B 선생님의 교육 방식이 훨씬 더 많은 에너지와 부담을 요구한다는 사실은 부정하기 어려울 것이다.

나에게 좋은 선생님이란, 끊임없이 스스로를 불편하게 만드는 선생님이다. 40분 수업을 위해 더 많은 시간을 들여 자료를 만들고, 활동지를 고민하는 일은 결코 편한 일이 아니다. 급식 시간 잔반을 확인하고, 매일 일기와 숙제를 살피는 일도 마찬가지다. 또 학교안에서 행사를 기획하고 운영하거나 학교 밖으로 현장체험학습을 나가는 경우는 더 이상 언급할 필요도 없다. 이 모든 불편함을 수많은 선생님들은 '교육'이라는 이름으로 묵묵히 감내하고 있다.

선생님이 편함만을 추구한다면 아이들은 성장하기 어렵다. 이 말은 아이들의 부모에게도 그대로 적용된다. 부모가 편하려 하면 자녀를 망칠 수 있고, 선생이 편하려 하면 학생을 망칠 수 있다.

"지금 이 순간에도 편함을 선택하지 않고,
스스로를 불편함 속으로 밀어 넣으며
아이들을 위해 애쓰고 있는 전국의 선생님들께
깊은 존경의 마음을 전합니다."

제발 현장체험학습을
마음껏 할 수 있게 해주세요

　나의 학창 시절 추억은 오래전 일이라 많이 남아 있지 않다. 그런데 이상하게도 학교에서 친구들과 함께 여행을 갔던 기억만은 또렷하게 남아 있다. 초등학교 때는 경주로 수학여행을 갔다. 불국사와 석굴암, 첨성대를 보았던 것 같은데, 장소보다도 밤에 친구들과 했던 베개 싸움과 장기자랑이 더 생생하다. 무대에 서 보고 싶은 마음은 있었지만, 춤도 노래도 잘 못한다고 생각해 끝내 올라가지 못했고, 그 아쉬움이 지금까지 기억으로 남아 있다.

　중학교 때는 매일 서해 바다만 보며 살다가 태어나 처음으로 동해 바다를 마주했다. 강원도 고성 통일전망대 쪽으로 떠난 안보 교육 성격의 여행이었던 것으로 기억한다. DMZ 비무장지대와 땅굴을 처음 보았고, 무엇보다 버스 안에서 친구와 CD 플레이어 이어폰을 나눠 끼고 가수 '플라워'의 노래를 들으며 바라본 동해 바다는 오래도록 잊히지 않았다.

고등학교 때의 현장체험학습은 또 다른 의미로 특별했다. 태어나서 처음 비행기를 타고 제주도에 갔기 때문이다. 비 오는 날, 친구들과 비를 다 맞으며 한라산 정상까지 올랐던 기억은 지금도 선명하다. 힘들었지만, 그래서 더 오래 남았다.

이렇게 학교에서의 현장체험학습은 내 기억 속에서 여전히 중요한 자리를 차지하고 있다. 하지만 이런 현장체험학습은 점점 사라지고 있다. 지난 2022년 11월, 강원 속초의 한 테마파크 주차장에서 학생이 하차 후 이동 중이던 버스에 치여 사망하는 사고가 발생했다. 1심과 2심 모두 담임교사의 주의의무 위반을 인정했고, 다행히 선고유예로 마무리되기는 했지만, 그 과정을 겪은 선생님이 감당했을 무게는 짐작하기조차 어렵다. 내가 근무하는 학교에서도 선생님들의 보호를 위해, 새로운 법률이나 정책이 마련되기 전까지 현장체험학습을 보류하기로 했다.

제발 현장체험학습을 마음껏 할 수 있게 해주세요

혹자는 이렇게 말한다.

"요즘은 가족 단위로 해외여행도 자주 다니는데, 굳이 학교에서까지 여행을 가야 하나요?"

맞는 말이다. 과거에는 현장체험학습이 새로운 경험을 할 수 있는 거의 유일한 통로였던 아이들도 많았지만, 요즘은 그렇지 않은 경우도 많다. 여행 자체가 목적이라면 굳이 학교에서 갈 필요는 없다는 생각에는 공감한다.

하지만 학교는 단순히 지식을 전달하는 공간이 아니라, 관계를 배우고 만들어 가는 곳이다. 그런 관점에서 바라본다면 현장체험학습은 여전히 아이들에게 의미 있는 교육 활동이라고 생각한다. 그래서 나는 학급 현장체험학습을 가기로 마음먹었다.

우리 반만 현장체험학습을 간다는 이야기에 아이들은 무척 기뻐했다. 학급 단위였기에 우리 반의 개성에 맞게 프로그램을 구성할 수 있었고, 대중교통을 이용해 이동하며 안전에도 신경 썼다. 학부모님들께서는 안전요원으로 함께해 주셨고, 캠핑 장비의 이동과 설치, 철수까지 많은 도움을 주셨다. 프로그램 운영 도우미와 물놀이 안전요원 역할도 기꺼이 맡아주신 덕분에 아이들은 즐겁고 안전한 시간을 보낼 수 있었다.

다른반 몰래 우리반만 캠핑가면 생기는 일

이 모든 과정을 영상으로 남겨 유튜브에 업로드했다. 아이들에게 평생 기억으로 남을 하루를 선물한 것 같아 마음이 뿌듯했다. 동시에 한편으로는, 이런 선택이 동료 선생님들께 미안하게 느껴지기도 했다. 아이들을 위한 교육활동이 개인의 선택처럼 여겨지고, 그 선택이 부담과 죄책감으로 이어지는 현실이 씁쓸했다.

그래서 나는 이 경험을 숨기기보다 기록으로 남기기로 했다. 현장체험학습이 얼마나 많은 준비와 고민을 필요로 하는지, 또 그 안에 어떤 어려움들이 있는지를 있는 그대로 보여주고 싶었다. <다른 반 몰래 우리 반만 캠핑 가면 생기는 일>이라는 다소 자극적인 제목을 붙인 이유도 그 때문이었다. 영상에는 응원과 격려의 댓글도 많았지만, 동료 교사로부터의 날 선 비판도 있었다. 아이들에 대한 악플은 지웠지만, 나를 향한 비판은 남겨두었다. 이 이야기가 개인의 일탈이 아니라, 함께 고민해야 할 문제로 읽히기를 바랐기 때문이다. 그리고 사람들에게 다시 한번 더 알리고 싶었다. "우리나라 교육 시스템 때문에 이런 내부 갈등이 생기고 있습니다. 그러니 아이들을 위해서라도 현장체험학습을 마음껏 할 수 있는 법안을 만들어주세요."

지금의 교육 환경 속에서는, 선생님들이 각자의 선택 앞에서 서로를 이해하기 어려운 상황이 종종 생긴다.

"선생님들의 헌신으로 버티는 교육이 아니라,
시스템으로 선생님들을 지켜주세요."

3.
PD가 된
선생님

돌고 돌아
학급 운영

2024년 12월, 나는 지난 2년 반 동안 나의 30대 중반을 갈아 넣었던 스포츠클럽 배구부를 정리하기로 결심했다. 내 자식 같던 배구부를 내려놓은 이유는 분명했다. 나의 욕심과 나의 부족함 때문이었다. 대학 시절부터 10년 넘게 이어 온, 그리고 정말 사랑했던 운동이었기에 미련 없이 그만두기까지 마음속 공허함은 생각보다 훨씬 컸다.

배구부와 함께 2년간 맡아왔던 체육부장 업무도 내려놓았다. 승진 역시 포기했다. 그렇게 2025년을 앞두고, 나는 갑자기 아무것도 붙잡고 있지 않은 사람이 되어 있었다. 학급 운영 외에 무엇을 해야 할지 알 수 없었고, 하루하루가

의미 없이 흘러가는 것처럼 느껴졌다. 성격상 늘 무언가에 몰두해야 버틸 수 있었기에, 그 공백은 더 크게 다가왔다.

매일 저녁 집 근처 계양천 트랙을 뛰며 생각했다. 교사로서, 앞으로 나는 어떤 트랙을 달려야 할까. 그러다 문득 예전에 학급 현장체험학습을 자주 다닐 때, 주변에서 했던 말이 떠올랐다.

"너는 어차피 아이들이랑 맨날 여기저기 다니잖아. 그걸로 유튜브 해보는 건 어때?"

그 말이 이상하게도 그날따라 오래 머릿속에 남았다.

곧이어 또 다른 생각이 들었다.

"굳이 학급 운영 말고 다른 걸 더 해야 할까?"

"그냥 학급 운영을 제대로 하고, 그 과정을 기록으로 남기는 것만으로도 충분히 의미 있지 않을까?"

그렇게 학급의 일상을 영상으로 남겨보자는 결심 쪽으로 조금씩 마음이 기울기 시작했다.

하지만 현실적인 문제들이 곧바로 따라왔다. 카메라, 편집용 컴퓨터, 마이크, 편집 프로그램…. 초기 비용만 해도 수백만 원은 훌쩍 넘을 터였다. 초반부터 유튜브로 수익을 내는 것은 거의 불가능에 가깝다는 것도 잘 알고 있었다. 혹시 나중에 수익이 난다 해도, 과연 투자한 비용을 회수할 수 있을까. 하나하나 따져볼수록 망설여졌다.

그때 떠올린 대안이 있었다.

"2025학년도에 방송 업무를 1지망으로 써보자."

학교 방송 담당 교사가 되면 학교 예산으로 카메라도 살 수 있고, 편집 프로그램과 장비도 사용할 수 있다. 현실적인 문제들은 자연스럽게 해결될 것 같았다. 다만 그 대신, 학급 이야기가 아닌 학교 전체의 이야기를 담아야 한다는 점은 이미 각오하고 있었다.

그렇게 학급 유튜브 채널에서 학교 유튜브 채널로 방향을 틀었다. 업무분장 희망서에 교육 방송을 1지망으로 적어 제출했고, 교감선생님께 따로 연락을 드려, 학교 유튜브 채널 운영에 대한 생각도 전했다. 겨울방학 내내 학교 유튜브 채널들을 찾아보며 방향성을 고민했고, '충주맨' 채널의 영상을 하나하나 보며 공공 콘텐츠가 어떻게 사람들의 마음을 움직이는지 공부했다.

2025년 2월, 업무 배정 발표 날. 떨리는 마음으로 출근했지만, 결과는 예상과 달랐다. 방송 업무가 아닌, 2지망으로 적었던 업무에 배정되어 있었다. 아쉬움이 없지 않았지만, 방송을 담당하는 과학정보부 부장 교사가 작년까지 체육부에서 함께 일했던 한참 후배 교사라는 점을 떠올리니 교감

선생님의 판단을 이해할 수 있었다.

그렇게 나의 계획은, 운명처럼 다시 학급 유튜브 채널로 돌아왔다. 그날 퇴근 후, 아내에게 미리 상의하지도 않은 채 200만 원짜리 편집용 컴퓨터와 100만 원이 넘는 최신 스마트폰을 6개월 할부로 결제했다. 아이들 교육비와 생활비, 대출금까지 생각하면 빠듯했을 텐데, 묵묵히 받아들여 준 아내에게 이 책과, 13만 구독자라는 영광을 함께 바친다.

인생에는 '만약'이 없다고 하지만, 가끔은 상상해 본다. 만약 그때 방송 담당 교사가 되어 학교 유튜브 채널을 운영했다면 어땠을까. 우리 반 아이들 이야기가 아닌, 우리 학교의 이야기를 담았다면 또 다른 길이 열렸을까.

"나는 그저 오늘도,
학교에서 아이들을 영상으로 기록한다."

모든 알고리즘의 시작은
아이들이었다

2025년 새해, 나는 유튜브를 시작하기로 마음먹었다. 나는 극단적인 T 성향을 가졌지만, 동시에 극단적인 P 성향도 함께 갖고 있다. 이것저것 따지며 계획을 세우기보다는, 해야겠다는 생각이 들면 곧장 몸이 먼저 움직이는 편이다. 그렇게 유튜브를 시작하기로 결심했지만, 당시 내가 가진 장비라고는 28만 원짜리 중고 고프로 하나와 6개월 할부로 구입한 컴퓨터, 그리고 최신 스마트폰이 전부였다. 편집은 할 줄 몰랐다. 9년 전 신규 교사 시절 방송 담당 업무를 맡아 학교 홍보 영상을 만들었던 경험이 마지막이었다.

가장 먼저 해야 할 일은 편집 프로그램을 고르는 일이었다. 프리미어 프로와 애프터 이펙트, 캡컷, 베가스, 파이널 컷, 파워디렉터 등 선택지는 너무 많았다. 예전에 프리미어 프로를 다뤄본 적은 있었지만, 기능은 압도적인 대신 전문가용에 가까웠고 내가 만들고 싶은 영상에는 지나치게 과하다는 생각이 들었다. 어차피 그런 프로그램을 익힌다고 해도 전문 편집자들을 따라잡을 수는 없을 테고, 화려한 편집은 오히려 유튜브 특유의 감성을 해칠 수 있다고 판단했다. 그렇게 내가 선택한 프로그램이 '곰믹스'였다. 지금도 주변에서는 〈이선생의 영상일기〉의 모든 롱폼과 숏폼 영상이 곰믹스로 만들어졌다는 사실에 의외라는 반응을 보인다. 기능은 단출하지만, 나에게는 가장 기본에 충실한 도구였다.

촬영 장비와 편집 프로그램이 정해지자, 이제 첫 번째 콘텐츠를 만들어야 했다. 나는 체험학습을 좋아했고, 그 교육적 가치가 점점 더 중요해지고 있다고 믿었다. 그래서 채널의 방향을 아이들과 함께하는 현장체험학습으로 정했고, 첫 기획은 반 아이들과 함께하는 '인천 종주'였다.

1월의 어느 날, 나는 교장실을 찾았다. '인천 종주' 기획안과 이 활동이 아이들에게 줄 수 있는 교육적 의미를 설명드렸다. 아이들 안전 문제, 형평성, 절차상의 문제를 이유로

인천 한바퀴를 6학년 아이들과 걸을수 있을까?　　⋮　　반 아이들과 함께할 88,490보　　⋮

충분히 반대하실 수도 있었지만, 교장선생님께서는 오히려 쉽지 않은 일을 스스로 맡겠다고 나선다며 격려해 주셨다. 그렇게 사전 답사 계획을 올리고, 곧바로 사전 답사를 갔다.

인천을 한 바퀴 도는 일은 생각보다 훨씬 고된 여정이었다. 검단에서 출발해 청라, 북항, 송도, 논현, 소래포구, 인천대공원, 부평을 거쳐 다시 계양까지, 이틀 동안 하루 40~50km를 걸었다. 겨울방학 동안에 혼자 걸으며 아이들이 안전하게 이동할 수 있는 도보 동선을 확인했다. 군대를 제대한 이후 그렇게 많이 걸어본 적은 없었지만, 하루 10시간 넘게 걸었던 그 이틀은 이상하게도 힘들지 않았다. 머릿속에는 이 길을 함께 걷게 될 아직 얼굴도 모르는 새로운 제자들이 계속 떠올랐다. 영하 10도를 넘나드는 추위 속에서도 멈추지 않고 걸었다. 아무 의미 없어 보이는 이 일이 언젠가는 내 진심을 알아주는 제자들에게 의미를 부여 받을 것이라 믿었다.

답사 과정을 촬영해 서툰 편집으로 영상을 만들어 유튜브에 올렸다. 지금 다시 보면 자막 싱크도 엉망이고, 음량 조절도 제대로 되지 않은 영상이다. 첫 영상 〈인천 종주 답사〉의 조회수는 100도 채 되지 않았다. 조회수에 연연하지 않겠다고 스스로 다짐했지만, 마음 한편에서는 터무니없는 기대를 품고 있었던 것도 사실이다. 지금 생각하면 그저 헛웃음이 나온다.

기대에 부풀어 준비했던 〈인천 종주〉는 개학과 동시에 멈춰 섰다. 2025년 2월, 현장체험학습 버스 안전사고와 관련해 담임교사에게 유죄 판결이 내려졌고, 학교 현장에는 체험학습에 대한 부담과 두려움이 빠르게 확산되었다. 나 역시 동료 교사들에 대한 최소한의 도리를 생각하지 않을 수 없었고, 결국 '인천 종주'는 실행되지 못한 채 첫 콘텐츠부터 망했다.

그렇게 방향을 바꿨다. 3월부터는 아이들과 함께한 수업과 놀이를 기록하기 시작했다. 그렇게 업로드한 영상들 중, 2025년 5월 〈사랑합니다〉라는 교실 놀이 영상이 처음으로 100만 조회수를 넘겼다. 아이들에게는 "조회수에 욕심 없다"고 말했지만, 솔직히 말하면 많이 기뻤다. 이 경험은 내가 유튜브 알고리즘을 이해하는 데 결정적인 계기가 되었다. 스무 편이 넘는 영상 끝에 얻은 나름의 통찰이었다.

내가 깨달은 유튜브 알고리즘의 원리가 맞는지 곧장 다음 영상으로 확인하고 싶었다. 놀랍게도 그 다음 영상도 높은 조회수를 기록하며 어느 정도 확신이 생겼다. 이후 제작한 숏폼 영상들의 평균 조회수는 백만을 훌쩍 넘기기 시작했다. 혹시라도 이 책을 읽는 분들 중 유튜브를 고민하는 분이 있다면, 내가 직접 경험하며 얻은 세 가지 원칙을 남기고 싶다.

첫째, 시청 타겟을 분명히 하고, 그들이 보고 싶어 하는 이야기를 만든다.
둘째, 편집 기술보다 기획이 중요하다. 유튜브는 창의적이고 진솔한 시도를 좋아한다.
셋째, 개별 영상을 흩어두기보다 하나의 세계관으로 연결하면 영상들이 서로를 끌어준다.

하지만 이 모든 것보다 더 중요한 본질은 따로 있었다. 바로 6-4반 아이들이다. 이 아이들을 만났기에 <이선생의 영상일기>가 가능했다.

"이 채널의 주인공은,
언제나 아이들이다."

왜 이런 영상을
만들었을까?

<이선생의 영상일기> 채널에는 유일하게 결이 다른 영상이 하나 있다. '사교육 대잔치'라는 다소 자극적인 제목으로 업로드된 이 영상은, 내가 부당하다고 느꼈던 교육 현실을 담은 일종의 르포였다.

영상 하나로 세상이 바뀌리라 기대하지는 않았다. 다만 민주주의를 가르치는 교사로서, 부당하다고 느낀 현실 앞에서 침묵하지 않고 문제의식을 드러내는 모습을 제자들에게 보여주고 싶었다. 유튜브라는 플랫폼을 통해 사회 문제를 제기하고, 여론이 형성되는 과정을 보여주는 것 또한 교육

의 연장선이라 생각했다.

선생님이 직접 발로 뛰며 취재하는 전 과정을 보여주면 아이들은 자연스럽게 더 집중해서 영상을 보게 된다. 또 교사가 던지는 질문을 통해 사회 문제를 자기 일처럼 생각해보고, 각자의 의견을 만들어갈 수 있을 것이라 기대했다.

전국 초등학생의 대부분은 체육 시간에 수영을 배우지 않는다. 교과서에 소개되기는 하지만, 학교에 수영장을 갖춘 경우는 극히 드물다. 세월호 사건 이후 생존수영 실기교육이 교육과정에 포함되었지만, 연 2~3회 수영장을 방문하는 수준에 그친다. 그마저도 물에 빠졌을 때 대처하는 법을 배우는 데 초점이 맞춰져 있을 뿐, 접영·배영·평영·자유형 같은 정식 영법을 익히기는 어렵다. 인천의 경우, 생존수영 교육은 주로 3~4학년만 대상으로 하며 연간 2-3회 운영된다.

그런데 교육청에서는 이 네 가지 영법을 겨루는 수영대회를 개최한다. 아이들은 이 영법을 어디에서 배울까. 답은 분명했다. 사교육이다. 교육감배 수영대회는 사실상 사교육에 의해 운영되는 대회였다. 다른 종목들 역시 사교육의 도움을 받는 경우가 많지만, 축구나 농구, 배구 같은 종목은 학교 안에서라도 최소한의 지도가 이루어진다. 반면 수영은 학교에서 어떠한 기초 지도도 이루어지지 않는 거의 유일한 종목이었다.

대회장은 각종 수영학원의 현수막으로 가득했고, 마치 학원 박람회처럼 보이기도 했다. 이렇게 사교육에만 의존하다 보니 지역별 교육 격차는 더 뚜렷해질 수밖에 없었다. 나는 이 문제를 공론화해 보고 싶었다. 교육 격차를 고려한 대회 운영이 필요하다는 이야기를 꺼내고 싶었다.

영상 제작을 위해 사전 자료조사를 하며 챗GPT의 도움을 받았다. 인천 지역 모든 초등학교를 정리한 뒤, 최근 3년간 교육감배 수영대회에 꾸준히 참가한 학교와 한 번도 참가하지 않은 학교를 지도에 표시했다. 여기에 지역별 수영장 인프라를 겹쳐 올리자, 결과는 매우 선명했다. 수영대회 경험이 많은 학군 주변에는 수영장이 밀집해 있었고, 그렇지 않은 학군에는 수영장이 거의 없었다.

불편한 사실이었지만, 두 지역은 자본에 의해 명확히 갈려 있었다. 수영대회를 자주 경험하고 입상 실적도 있는 지역은 집값이 높은 신도시였고, 수영대회 경험이 거의 없는 지역은 구도심이었다. 아이들이 사는 동네의 집값에 따라, 사교육이 아닌 공교육의 경험마저 달라진다는 사실이 마음에 걸렸다.

그래서 직접 두 지역을 찾아가 보기로 했다. 환경의 차이를 눈으로 확인하고 싶었다. 하지만 그 과정에서 나는 큰 실수를 저질렀다. 최근 3년간 수영대회에 한 번도 참가하지 않은 한 초등학교 인근을 찾았을 때였다. 보다 생생한 영상을 만들겠다는 욕심에 놀이터에서 놀고 있던 아이들에게 인터뷰를 요청했다. 아이들은 흔쾌히 응했고, 보호자의 동의를 받아 인터뷰를 진행했다.

지금 다시 영상을 보면, 그 인터뷰는 편파적이었다. 아이들의 입장을 충분히 헤아리지 못했고, 유도 질문을 늘어놨다. 어쩌면 아이들의 자존감을 건드릴 수도 있는 내용이었다. 얼굴 공개에 동의했지만, 다행히 편집 과정에서 모두 모자이크 처리했다. 그럼에도 이 장면은 나에게 오래 남는 흑역사가 되었다.

나는 그때, 사회의 불편한 진실을 고발한다는 명분 아래 또 다른 불편함을 만들어내고 있었다. 수준 낮은 형태의 기자 코스프레였다. 이 영상 이후, 나는 교육 현실을 다루는 방식에 대해 한 번 더 생각하게 되었다.

.

“그리고 어설픈 기자 코스프레는
그만 두기로 했다.”

왜 이런 영상을 만들었을까?

굳이 영상으로
교실을 공개할 필요가 있을까?

유튜브를 시작한 이후로 종종 주변 선생님들로부터 이런 이야기를 듣는다.

"아이들이 나오는 영상을 유튜브에 올리는 건 위험하다."

학부모들은 현미경을 들이대듯 내 아이의 모습을 확인할 것이고, 자녀의 책상 위에 교과서나 활동지가 보이지 않거나, 특정 장면에서 표정이 밝아 보이지 않으면 곧바로 민원으로 이어질 수 있다는 우려였다. 또 영상을 보는 시청자들이 교사의 의도를 제대로 이해하지 못한 채 왜곡해 받아들이거나, 악의적으로 해석해 악플이나 민원을 제기할 수 있다는 말도 덧붙였다.

구구절절 모두 맞는 이야기다. 나 역시 그런 염려를 충분히 하고 있었다. 그럼에도 불구하고, 나는 이 일을 시작했다.

학기 첫날, 우리 반 학부모님들께 담임교사로서 학급 유튜브 채널을 운영하려는 목적과 이유를 솔직하게 말씀드렸다. 아이들의 학창 시절을 '영상일기' 형태로 기록하고 싶다는 마음, 그리고 그 기록을 통해 아이들의 학교생활 모습을 학부모님들께 있는 그대로 보여 드리고 싶다는 의도를 전했다. 더 나아가 이 영상들을 '우리끼리'만 간직하는 데서 그치지 않고, 유튜브라는 플랫폼을 통해 세상과 나누고 싶다는 생각까지 숨기지 않고 설명해 드렸다.

아이들의 추억을 기록하고, 학부모님들께 학교생활을 투명하게 보여준다는 두 가지 목적만 놓고 본다면 충분히 공감받을 수 있는 이야기라고 생각했다. 다만 '유튜브에 공개한다'는 지점에서 학부모님들의 걱정이 생길 수 있다는 것도 알고 있었다. 그래서 왜 굳이 유튜브여야 하는지, 그 이유를 분명하게 두 가지로 나누어 말씀드렸다.

첫째, 학교가 즐겁고 행복한 공간이라는 인식을 더 많은 사람들과 나누고 싶었다. 대한민국의 학생들은 의무교육이라는 이름 아래, 좋든 싫든 매일 학교에 간다. 하루 6시간에서 많게는 8시간까지, 아이들은 가정에서 보내는 시간보다 학교에서 보내는 시간이 더 많다. 학교가 즐겁지 않다면 그 시간은 아이들에게 견뎌야 할 시간이 될 수밖에 없다. 놀이와 활동을 통해 웃음과 관계가 살아 있는 교실의 모습을 기록함으로써, 학교라는 공간이 충분히 행복할 수 있다는 메시지를 전하고 싶었다.

둘째, 요즘 아이들이 먼저 유튜브를 하고 싶어 한다. 장래 희망을 물으면 '유튜브 크리에이터'를 말하는 아이들도 적지 않다. 유튜브라는 플랫폼을 이해하고 활용하는 능력은 앞으로 아이들이 살아갈 세상에서 중요한 역량이 될 것이다. 그렇다면 초등학교 시기에, 담임선생님 그리고 친구들과 함께 건강한 방식으로 유튜브 채널을 운영해 보는 경험은 분명 의미가 있다고 생각했다. 선생님이 주인공이 아니라, 아이들이 중심이 되는 채널을 만들어 보고 싶었다. 그래서 <이선생의 영상일기>는 일반적인 v-log 형태와 달리, 선생님이 등장하지 않는 영상이 많으며 아이들이 주인공 역할을 맡았다.

이런 설명이 담임의 진심으로 전해졌던 걸까. 감사하게도 학기 첫 주 안에 26명 아이들 전원의 초상권 활용 동의서와 학부모 동의서를 받을 수 있었다. 학교가 얼마나 즐겁고 따뜻한 공간이 될 수 있는지 보여주고 싶었던 마음이 조금은 닿았다고 느꼈다.

그 결과, '이선생의 영상일기' 채널은 2025년 3월, 구독자 200명에서 2025년 12월, 구독자 10만 명을 넘기게 되었다. 이 성취의 경험은 아이들에게도 분명 오래 남을 자산이 될 것이라 믿는다. 1년 내내 단 한 건의 민원 없이, 어떤 영상을 올리든 담임을 믿고 지지해 주신 학부모님들께 진심으로 감사드린다.

"교실을 공개한 이유는,
교실을 지키기 위해서였다."

모의 대선 수업으로
천당과 지옥을 오가다

모의 대선 수업에 대한 이야기에 앞서, 왜 내가 그런 수업을 할 수밖에 없었는지에 대한 배경을 조금 남겨두려 한다.

교직 생활을 하며 대다수의 선생님은 빠르면 첫 학교에서, 늦어도 두세 번째 학교에서는 나름의 진로(?)를 정하게 된다. 특히 교직 사회에서 남교사들의 진로는 오랫동안 체육이나 과학정보 쪽으로 흘러가는 경우가 많았다. 아무래도 과학 분야에는 상대적으로 많은 예산이 배정되고, 그만큼 많은 자리와 기회도 생기다 보니 체육보다도 과학정보 쪽으로 도전하는 선생님들이 더 많았다. 실제로 첫 학교에 함께 발령받았던 동기는 당시 근무하던 학교의 과학정보부장님

초등학생들은 누구를 대통령으로 뽑았을까?

의 계원으로 성실히 일했고, 이후 10년 동안 발명·영재·AI·코딩 분야를 두루 섭렵하며 지금은 그 분야에서 유능한 부장 교사로 이름을 알리고 있다. 그런 열정과 성실한 모습을 보며 참 대단하다는 생각을 했다.

한편, 나는 체육을 좋아했지만 체육을 업으로 삼고 싶지는 않았다. 그렇다고 돈과 자리를 비롯한 새로운 기회를 받을 수 있다는 이유로 과학정보 쪽에 도전하는 것도 애초에 내 적성은 아니라고 느꼈다. 누가 봐도 과학 쪽이 전도유망해 보였지만, 외골수 기질이 있는 '이선생'에게는 그 길이 전혀 내 길처럼 보이지 않았다.

그렇다고 아무것도 하지 않는 선생님이 되고 싶지는 않았다. 나만의 전문성을 갖고 싶다는 개인적인 욕심도 있었다. "사교육으로 대체될 수 없는, 학교에서 반드시 해야 할 교육은 무엇일까?"라는 질문 끝에 내가 선택한 길이 바로 시민교육이었다. 이후 교육청 주관 연수를 찾아 들었고, 민주시민교육 대학원에도 진학했다. 고등학교 법과 정치가 배경지식에 도움이 될 것 같아 서른이 넘은 나이에 수능 법과 정치 인터넷 강의까지 결제해 들었다. 시행착오를 겪으며 교실 수업에 하나씩 적용해 보았고, 그렇게 나름의 시민교육 수업을 만들어 갔다.

하지만 시민교육은 교육부나 교육청 차원에서 과학정보 분야만큼의 '파이'를 갖고 있지 않았다. 활동 기회도 적었고, 설령 기회가 있다 해도 햇병아리 같은 나에게 돌아올 가능성은 크지 않았다. 그래서 나는 시선을 학교 밖으로 돌렸다.

중앙선거관리위원회 산하에는 〈선거연수원〉이라는 기관이 있다. 민주주의의 꽃인 선거를 중심으로 민주시민교육을 전문적으로 다루는 곳이다. 마침 이곳에서 전국 단위의 〈제10회 민주시민교육 강연콘테스트〉가 열린다는 소식을 듣고 과감히 도전했다. 수개월에 걸쳐 예선·본선·결선, 총 세 단계로 진행된 대회였다. 운이 좋았던 걸까, 예선에서 17명을 뽑는 본선에 통과했고, 다시 그중 3명만 설 수 있는 선관위 대강당 결선 무대에 올랐다. 결국 결선 3인 중 1등으로 대상을 수상하며 중앙선거관리위원회 위원장상과 부상 300만

원을 받았다.

　이후 민주시민교육 콘텐츠 제작에도 참여할 기회를 얻었다. 이렇게 운명처럼 민주시민교육은 교사로서 내 모든 수업의 토대가 되었다. 뒤에서 다시 이야기하겠지만, 아이들의 교실 놀이와 친구 관계 형성, 심지어 남녀 관계를 다루는 방식에도 시민교육적 의도가 자연스럽게 깔려 있었다.

　이제 다시 본론으로 돌아온다. 6월 대선을 앞두고 사회 수업을 진행하던 중이었다. 단원은 [우리나라의 정치 발전]으로, 입법·사법·행정부와 권력 분립, 선거를 배우는 내용이었다. 조심스럽게 아이들과 정치 이야기를 꺼냈는데, 그 과정에서 꽤 충격적인 사실을 마주했다. 아이들은 스스로 생각하고 있는 것이 아니라, 각자 부모님의 생각을 그대로 '생각 당하고' 있었다. 이유도 모른 채 "윤석열은 나쁜 사람이 래요", "이재명이야말로 나쁜 사람이래요"라는 말이 아이들 입에서 자연스럽게 나왔다. 아이들마저 이미 갈라져 있었다.

나는 이것이 어른들의 잘못이라고 생각했다. 생각하는 법을 가르치지 않고, 정답을 정해 놓은 채 그에 순응하도록 만드는 교육은 옳지 않다고 느꼈다. 적어도 내 제자들만큼은 누군가에 의해 생각 당하지 않고, 스스로 생각하길 바랐다. 그래서 투표권은 없지만, 반 아이들이 직접 대통령을 선택해 보는 모의 대선 수업을 준비했다.

내가 생각하는 민주시민교육의 핵심은 '판단력 교육'이다. SNS는 물론 공중파 뉴스조차 거짓 정보가 넘쳐나는 세상에서, 누군가의 생각에 휘둘리지 않고 스스로 판단하는 힘은 무엇보다 중요하다. 아이들과 후보자 한 명 한 명을 차분히 공부하기 시작했다. 선거 공보에는 거짓 정보가 담길 수 없다는 점을 알려주며, 학력·경력·전과·병역·납세 등 공보에 담긴 정보는 신뢰해도 된다고 설명했다. 반면 인터넷에 떠도는 정보는 늘 의심해야 하며, 판단은 스스로의 몫이라는 점을 분명히 했다.

아이들은 각자 후보를 선택하는 기준을 세웠다. 어떤 아이는 경력을, 어떤 아이는 전과 여부를, 또 어떤 아이는 공약을 중요하게 보았다. 공약집을 직접 읽고, 누군가의 해석이 아닌 후보자 본인의 발언을 찾아 들으며 공부했다. 대선 토론회도 함께 시청하며 후보자들의 신념과 태도를 다시 확인했다. 그리고 투표일, 아이들은 더 이상 부모님의 생각이 아닌 자기 판단으로 후보를 선택했다. 그 결과 우리 반 모의 대선에서는 기호 4번 이준석 후보가 당선되었다.

이 모든 과정을 15분짜리 영상으로 제작했다. 수업을 나누고 싶다는 마음, 아이들이 스스로 판단하는 시민으로 성장하는 과정을 기록하고 싶다는 마음이었다. 당시 구독자는 400명 남짓, 대부분 가족과 지인, 학교 구성원들이었다. 조회수에 대한 기대는 전혀 없었다. 그런데 <초등학생들이 먼저 해본 대통령 선거>라는 제목의 영상이 업로드되자마자 예상치 못한 일이 벌어졌다. 업로드 3시간 만에 조회수 1만 회를 넘기고, 하룻밤 사이 구독자가 1,000명 이상 늘어났다.

수업에 대한 칭찬 댓글이 이어졌고, 아이들과 열심히 준비했던 수업을 인정받는 듯해 뿌듯했다. 하지만 며칠 뒤부터 분위기는 달라졌다. 댓글 창은 정치적 비난으로 채워졌고, 아이들과 나를 향한 악플도 달리기 시작했다. 하지만 악플을 지우지 않고 오히려 수업 자료로 활용했다. 아이들과 함께 댓글을 읽고, 생각을 나누며 사이버 윤리 교육까지 이어갔다. 아이들은 상처받기보다, 그런 댓글을 다는 어른들을 안타깝게 바라보았다. 그 모습이 대견했다.

그리고 또 한 번의 위기가 찾아왔다. 인천선거관리위원회로부터 공직선거법 위반 소지가 있다는 연락을 받았다. 100% 공익적 목적의 수업이었지만, 현실 앞에서 나는 물러설 수밖에 없었다. 아이들에게 옳다고 생각한 신념을 끝까지 지키지 못하는 담임의 모습을 보여 부끄러웠다. 하지만 싸울 힘도, 의지도 없어 결국 선관위의 요청에 따라 영상을 수정했다.

그럼에도 〈모의 대선〉 수업은 〈이선생의 영상일기〉 채널의 정체성 그 자체다. 담임교사로서 내가 할 수 있는 최선의 수업이었고, 아이들이 민주 시민으로 성장해 가는 기록이었다.

"민주주의는,
교실에서부터 시작된다."

대통령 선거 후보
두 분을 만나다

2025년 6월, 대선이 무사히 끝났다. 모의 대선 수업 영상의 열기가 채 식기 전, 아이들이 그 수업을 계기로 조금 더 직접적인 시민교육의 경험을 하길 바랐다. 그래서 곧장 다음 기회를 고민하기 시작했다. 열대야가 시작된 6월 말, 저녁 러닝을 하며 머릿속으로 이런저런 기획을 굴렸다. 지금 생각하면 다소 허황되고 웃기게 들릴지도 모르지만, 그때 떠올린 생각은 이것이었다.

"우리 반 모의 대선에서 당선된 기호 4번 이준석 후보에게 연락하면, 혹시 우리를 만나주지 않을까?"

어찌 되었든 정치인 이준석은 젊은 세대를 지지 기반으로

결국 대선 후보 두분을 만나고 왔습니다

두고 있는 인물이었고, 초등학생들의 선택을 받았다는 점은 충분히 의미 있게 전달될 수 있다고 생각했다. 게다가 모의 대선 영상 조회수도 30만 회를 넘기고 있었으니, 혹시나 하는 마음이 들었다. 물론 현실적으로 생각하면, 동네 지역구 국회의원조차도 일개 초등교사가 만나자고 하면 쉽게 응하지 않을 텐데, 대선 후보까지 지낸 인물이 과연 시간을 내줄까 하는 의구심도 있었다.

그럼에도 불구하고, 생각이 들면 곧바로 행동하는 성격 탓에 러닝을 하다 말고 휴대폰을 꺼내 들었다. 인터넷으로 검색해 곧장 이준석 의원 사무실에 전화를 걸었고, 늦은 시간이어서 연결되지 않자 바로 인스타그램 DM으로 메시지를 보냈다. 모의 대선 수업을 하게 된 배경과 아이들의 이야기, 그리고 영상 링크를 함께 보냈다.

놀랍게도 20분 만에 답장이 왔다.

"좋습니다. 아이들과 함께 만나시지요."

다음 날 보좌관님에게서 연락이 왔고, 구체적인 날짜와 일정이 빠르게 조율됐다. 이준석 의원실에서 학교로 협조 공문을 보내주고, 그 공문을 근거로 평일 학급 현장체험학습으로 국회를 방문하는 방식이었다. 다른 반과 동학년 선생님들께는 정말 죄송한 마음이 들었지만, 이 기회만큼은 놓치고 싶지 않았다. 현직 국회의원이자 대선 후보까지 지낸 인물이 우리 반 아이들만을 국회로 초대해 주는 일은, 두 번 다시 오지 않을 기회라고 생각했기 때문이다.

계획서를 만들어 교장실로 찾아갔다. 당시 학교장이셨던 이종재 교장선생님께서는 내가 유튜브를 하기 전부터 했던 다양한 활동들을 늘 응원해 주시고 허락해 주셨다. 이번에도 다른 교장선생님들이라면 허락해 주시기 쉽지 않으셨을 텐데, 대선 후보에게 어떻게 협조 공문까지 받아 왔냐며 내 열정을 높이 평가하시어 단번에 허락해 주셨다. 교장선생님께 정말 감사했다. 그렇게 내부 기안 결재를 마치고, 우리 반의 국회 방문이 확정됐다. 이 경험을 통해 아이들에게 꼭 전하고 싶은 말이 있었다.

"아무것도 하지 않으면, 아무 일도 일어나지 않아. 해야겠다는 생각이 들면 핑계부터 찾지 말고 일단 해봐."

국회 방문 당일, 아이들과 나는 떨리는 마음으로 국회에 들어섰다. 국회도서관과 의원회관을 둘러본 뒤, 수업 시간에 자료로만 보던 기호 4번 이준석 의원을 실제로 마주했을 때 아이들은 아이돌을 본 것처럼 탄성을 질렀다. 그 반응만으로도 담임으로서 충분히 보람을 느꼈다. 이후 두 시간 가까이 이어진 대화 시간 동안 아이들은 아주 사적인 질문부터 다소 철학적인 질문까지, 거리낌 없이 질문을 던졌다. 아이들의 눈높이에 맞춰, 때로는 무례할 수도 있는 질문에도 웃으며 답해 주신 이준석 의원께 감사한 마음이 들었다.

국회 일정을 마친 뒤, 여의도에 온 김에 서울 구경도 시켜 주고 한강 물놀이장에 들를 계획을 세웠다. 그런데 이동 경로를 고민하던 중 문득 이런 생각이 들었다.

"조금 돌아가더라도 더불어민주당과 국민의힘 중앙당사 앞을 지나가 볼까?"

과거 여의도를 방문했을 때 그 일대에서 늘 시위가 열리는 모습을 보았고, 아이들에게 '합법적인 시위'라는 민주 시민의 또 다른 표현 방식을 직접 보여주고 싶었다. 그래서 일부러 그쪽 방향으로 걸었다.

그런데 정말 우연처럼, 국민의힘 중앙당사 근처 횡단보도에서 지난 대선 기호 2번 후보였던 김문수 후보를 마주쳤다. 순간 망설였지만, 두 번 다시 없을 기회라는 생각에 조심스럽게 다가가 말을 걸었다.

"후보님, 안녕하세요. 저는 인천의 한 초등학교 교사인데 오늘 아이들과 국회 현장체험학습을 다녀왔습니다. 혹시 실례가 되지 않는다면 아이들과 사진을 한 장 찍어주실 수 있을까요?"

김문수 후보님의 답변은 간단했다.

"물론이죠."

그렇게 후보님은 아이들 한 명 한 명과 이야기를 나누며 사진을 찍어 주셨다. 바쁜 일정 중이었을 텐데도 공부는 잘하고 있는지, 부모님 말씀은 잘 듣고 있는지 먼저 말을 건네주셨다. 아이들은 하루 만에 TV에서만 보던 대선 후보 두 사람을 모두 만났다는 사실이 믿기지 않는다며 연신 신기해했다.

이후 왜 기호 1번 이재명 대통령은 만나지 않았느냐며 정치 편향 교육 아니냐는 이야기를 듣기도 했다. 그럴 때마다 나는 이렇게 답한다.

"만나주신다면, 언제든 어디든 아이들과 달려갈 겁니다."

모의 대선 수업 영상을 보신 분들이라면 알겠지만, 그 수업은 특정 후보를 지지하거나 비방하는 정치 편향 교육이 아니었다. 만약 그랬다면, 우리 반 학부모님들께서 아이들과 국회를 가는 일에 그렇게 적극적으로 지지해 주시지도 않았을 것이다. 설령 정치인의 입장에서는 어떤 정치적 계산이 있었다고 해도, 나에게 중요한 기준은 늘 하나였다.

"나는 내 선택이 아이들에게
이로운지만을 판단한다.
나는 그날의 선택이 아이들을
이롭게 한다고 믿었다."

특별함의 끝에서
만난 것

2학기 시작과 동시에 학급 캠핑을 기획했다. 대학생들이 새 학기를 시작하며 결속력을 다지고 사기를 끌어올리기 위해 개강 파티를 하듯, 우리도 "2학기도 잘해보자"는 의미의 개학 파티를 해주고 싶었다. 다른 반에 최대한 부담을 주지 않기 위해 주말 일정으로 계획했고, 안전에 대한 우려는 대중교통을 이용한 이동과 학부모 안전요원 배치로 보완했다. 그렇게 학교 관리자분들의 허락을 받아냈다.

하지만 현장체험학습을 진행할 때마다 동료 선생님들께 미안한 마음을 가져야 하고, 학교 관리자분들께는 고개를 숙인 채 죄인처럼 허락을 받아야 하는 이 구조가 늘 마음에 걸렸다. 돈을 달라는 것도 아니고, 무리한 요구를 하는 것도 아닌데, 그저 법과 제도만 조금 손봐서 선생님들이 안전하게 현장체험학습을 갈 수 있게 해달라는 부탁조차 왜 이렇게 어려운 걸까. 국회의원들은 대체 무엇을 하고 있는 걸까 하는 막연한 원망까지 들었다. 그래서 이번 캠핑은 아예 영상으로 남겨, 이 현실을 조금은 풍자하고 현재의 제도를 드러내는 방식으로 만들어 보기로 마음먹었다.

영상 제목부터 자극적으로 달았다.

〈다른 반 몰래 우리 반만 캠핑 가면 생기는 일〉

유튜브라는 플랫폼의 특성상 썸네일과 제목이 자극적이지 않으면 클릭조차 되지 않는다. 반년 가까이 채널을 운영하며 얻은 경험 덕분에, 이번에는 메시지가 최대한 분명히

다른반 몰래 우리반만 캠핑가면 생기는 일　⋮

전달되도록 만들고 싶었다. 그러는 한편으로 영상과는 별개로, 아이들이 진심으로 행복할 수 있는 당일치기 캠핑을 어떻게 꾸릴지에 대해서도 고민을 거듭했다.

아무리 고민해도 답이 나오지 않아, 결국 가장 단순한 방식으로 생각하기로 했다. 내 유년 시절을 떠올렸다. 학교에서 야영이나 현장체험학습을 갔을 때, 20여 년이 지난 지금까지도 또렷하게 남아 있는 기억들은 무엇이었을까. 캠프파이어, 보물찾기, 물놀이 후 라면 먹기, 밀가루 속에 숨겨진 사탕 찾기, 랜덤 선물 뽑기. 그렇게 떠오른 것들을 그대로 캠핑 프로그램에 담았다. 다만 20여 년 전과 달리, 안전에 대한 인식이 높아진 요즘, 캠프파이어는 포기할 수밖에 없었다.

멀리 떠난 캠핑은 아니었다. 시내버스를 타고 학교 근처 동네 뒷산에서 진행된 짧은 여정이었지만, 우리 모두에게는 충분히 특별한 하루였다. 아버님들의 도움으로 무거운 캠핑 장비를 나르고 텐트를 쳤고, 이후 밀가루 놀이, 물놀이, 보물찾기, 선물 뽑기까지 내가 어린 시절 담임에게서 경험했던 활동들을 아이들에게 그대로 건네주었다. 아이들의 반응은 예상보다 훨씬 뜨거웠다.

사실 물놀이는 계획에 없던 일정이었다. 9월 말이라 날씨가 꽤 쌀쌀했기 때문이다. 하지만 밀가루를 뒤집어쓴 채로는 시내버스를 탈 수 없을 것 같아, 계곡물에 들어가 밀가루만 살짝 씻어내기로 했다. 그러다 그만, 물을 조금씩 뿌리다 보니 어느새 모두가 흠뻑 젖는 상황이 되어버렸다. 날씨는 쌀쌀했지만, 아이들은 추운 줄도 모르고 단풍이 물든 산에서 물놀이를 즐겼다.

그날 촬영한 영상을 부족한 실력이지만 정성껏 편집해 유튜브에 올렸다. 영상 속에는 현장체험학습이 갖는 교육적 의미와 함께, 선생님들이 현실에서 마주하는 어려움도 메시지로 담았다. 아울러 교육적 목적과 의도가 분명한 활동이라면, 실수가 있더라도 교사 개인에게 형사적 책임을 묻지 않는, 이른바 '착한 사마리아인법' 성격의 교권 보호 장치가 필요하다는 주장도 덧붙였다. 그러나 내 나름대로는 선한 의도로 만든 영상이었지만, 그 진심을 곧바로 알아주지 않는 댓글 하나가 마음을 깊이 파고들었다.

[선생님! 강원도 현장체험학습 유죄 판결로 전국의 수많은 동료들이 마음 아파하고 있는 이때, 선생님 반 아이들만 데리고 '다른 반 몰래 가는 캠핑'이라는 제목의 영상을 올리는 게 맞다고 생각하시나요? 대답 좀 해주세요.]

이 댓글은 악플이라기보다는 충분히 나올 수 있는 비판이라고 생각했다. 그래서 삭제하지 않고 고정 댓글로 올려두고, 사람들의 반응을 지켜보기로 했다. 지금은 작성자 분께서 스스로 삭제하셔서 사라졌지만, 이 한 문장은 나를 오래 붙잡아 두었다.

내 의도는 자극적인 제목으로 시선을 끌어, "지금 학교 현장은 이런 상황이니 제도가 바뀔 수 있도록 도와달라"는 메시지를 전하고자 한 것이었다. 하지만 그 의도가 충분히 전달되지 않았다는 사실을 이 댓글을 통해 깨달았다. 더 많은 동료 선생님들의 마음을 헤아리지 못했구나, 조금 더 조심했어야 했다는 생각이 들었다. 동시에, 내가 혹시 다른 반 아이들은 외면한 채 우리 반 아이들에게만 과도하게 힘을 쏟고 있는 건 아닐까 하는 고민도 생겼다.

우리 반 아이들이 '우리 반은 특별하다'고 느끼며 소속감을 다지는 것까지는 좋지만, 그것이 자칫 선민의식으로 변질될 수 있겠다는 노파심도 들었다. 그래서 스스로 다짐했다. 앞으로는 더 많은 동료 선생님들과, 다른 반 아이들의 마음까지 함께 살피자고. 그리하여 우리 반만을 위한 특별한 교육활동은 이 캠핑으로 마무리 짓고 학년 전체를 위한 1박 2일 교내캠핑을 진행해야겠다 마음먹었다.

250명이 함께 한
1박 2일 캠핑

계양산 학급 캠핑 이후, 이제는 우리 반만 하는 활동은 여기까지 하고 학년 전체의 행사를 기획해야겠다고 마음먹었다. 다음 단계로 무엇을 해야 할지는 비교적 분명했다. 우선 동학년 선생님들의 의중을 여쭙는 일이었다. 감사하게도 선배 교사셨던 조수형 선생님께서 먼저 적극적으로 함께하자고 나서 주셨고, 그 한마디가 큰 힘이 되었다. 조수형 선생님은 혁신학교에서 다양한 방식으로 교육과정을 재구성해 운영해 온 배울게 많은 선배였다.

동학년 선생님들이 모두 모이고, 교장·교감선생님이 함께한 간담회 자리에서 내가 조심스럽게 운을 띄웠다.

친구들과 학교에서 1박 2일 캠핑하면 생기는 일

"교장선생님, 학교 밖으로 버스를 타고 나가는 현장체험 학습이 어렵다면, 6학년 10개 반 아이들 모두와 교내 캠핑을 진행해 보고 싶습니다."

교장선생님의 허락 조건은 단 하나였다.

'10개 반 담임선생님 모두의 동의를 얻을 것.'

그 조건만 충족된다면 허락하겠다는 말씀이었다. 관리자 입장에서 어떤 반은 하고 어떤 반은 하지 않는 상황을 용인하기 어렵고, 캠핑 활동을 둘러싸고 선생님들 사이에 분란이 생기는 일 역시 원치 않으셨을 것이다.

안전에 대한 우려와 학부모 민원의 가능성 때문에 동학년 선생님들께 교내 캠핑을 제안하는 일은 매우 조심스러웠다. 하지 않으면 아무런 민원이 생기지 않지만, 하면 준비 과정에서부터 아이들과 학부모의 이런저런 불평과 불만이 따라

올 수 있기 때문이다. 캠핑을 하지 않으면 사고 날 일이 없지만, 한다는 것은 사고의 가능성을 스스로 떠안는 선택이기도 했다. 법과 제도, 그리고 교육 시스템이 교사의 교육활동을 충분히 보호해 주지 못하는 현실에서 '책임'은 늘 선생님들에게 가장 무거운 부담이었다. 그럼에도 불구하고, 놀랍게도 10개 반 담임선생님 모두가 동의해 주셨다. 나와 조수형 선생님이 분위기를 만들었고, 후배 선생님들은 "해보시죠!"라는 말로 쿨하게 힘을 보태 주셨다. 학년 부장님을 비롯한 원로 선배님들께서도 "옛날 생각나네~ 뭐부터 하면 될까?"라며 흔쾌히 함께 해주셨다.

250명이 넘는 아이들이 함께하는 1박 2일 캠핑은 안전 관리 측면에서 결코 쉬운 일이 아니었다. 그래서 5개 반씩 두 차례로 나누어 진행하기로 했고, 학년을 두 그룹으로 나눴다. 1그룹이 캠핑을 할 때는 2그룹 선생님들까지 모두 나와 밤늦게까지 도움을 주었고, 2그룹 캠핑 때도 1그룹 선생님들이 마찬가지로 끝까지 함께해 주었다. 이런 동학년이라면 학교에서 뭐든 다 해볼 수 있겠다는 생각이 들었다.

캠핑 활동은 반 대항 축구와 발야구, 바비큐, 레크리에이션, 영화 관람, 치킨 야식까지 아이들이 좋아할 만한 프로그램들로 구성했다. 선생님들은 팝콘 기계까지 직접 대여해 영화 보는 아이들에게 팝콘을 만들어 나눠 주었다. 모두가 합심해 아이들을 위한 교육활동을 만들어 가는 이 모습은, 무너져 간다는 말이 익숙해진 요즘의 교육 현장 속에서 한 줄기 희망처럼 느껴졌다.

진심은 통했던 걸까. 다행히도 두 차례에 걸친 1박 2일 캠핑 동안 학부모 민원이나 신고는 단 한 건도 없었다. 무엇보다 누구 하나 다치지 않고, 즐겁고 행복한 기억만을 안은 채 캠핑 활동을 마무리할 수 있었다.

돌이켜보면 나는 오랫동안 우리 반'만'을 위한 선택을 하며 살아왔다. 학급 현장체험학습을 평일에 잡으면 다른 반 아이들이 "왜 우리 반은 안 가요?"라고 묻는 상황이 생길 수 있다는 걸 알면서도, 애써 외면해 왔다. 그런 내가 처음으로 학년 전체의 행사를 준비하며 많은 생각을 하게 되었다. 우리 반만 생각하지 않고 다른 반까지 챙기는 담임의 모습을 보며, 아이들은 '더불어 산다'는 의미를 자연스럽게 배웠을지도 모른다. 또 선생님들이 서로 협력하며 자신들을 위해 분주히 움직이는 모습을 통해 '감사함'도 배웠을 것이다. 어쩌면 그동안 내가 우리 반 '만'을 강조하며 해왔던 교육활동은, 반 내부의 결속력은 다질 수 있었을지 몰라도 학년 전체의 조화까지는 충분히 담아내지 못했을지도 모른다. 그때

문득 이런 말이 떠올랐다.

"혼자 가면 빨리 갈 수 있지만,
함께 가면 더 멀리 갈 수 있다."

얘들아,
영상에 많이 나오고 싶어?

 유튜브 채널이 점점 많은 사람들의 관심을 받기 시작하자, 채널을 운영하는 PD이자 학급 담임인 나에게는 새로운 고민이 하나 생겼다. 그동안 만들어 온 영상들을 차분히 다시 돌려보니, 영상 속에 자주 등장하는 아이들이 있는 반면 거의 모습을 드러내지 않는 아이들도 있었다. 마치 드라마나 영화에서 주연과 조연, 그리고 보조 출연자가 나뉘듯, 내가 만든 영상 속에서도 아이들마다 자연스럽게 '비중'이 생겨 있었다.

 채널의 시작은 '선생님과 아이들의 모든 기록'이었지만, 1분 1초까지 분량이 똑같을 필요는 없다고 생각했다. 그럼에도 불구하고 마음 한켠에서는 아이들 모두의 모습이 어느 정도는 고르게 담기길 바랐다. 하지만 하루의 수업과 활동이 끝난 뒤 집에서 촬영된 영상들을 정리해 보면, 아이들의 성향 차이는 고스란히 화면과 소리에 반영되어 있었다. 활달한 아이들은 화면에 자주 잡혔고, 목소리도 자연스럽게 많이 담겼다. 반대로 조용하고 정적인 아이들은 카메라에 덜 잡혔고, 목소리 역시 거의 남지 않는 경우가 많았다.

유튜브라는 플랫폼은 그 특성상 '재미'가 있어야 사람들이 멈춰 서서 영상을 본다. 그러다 보니 편집 방향 역시 활달한 아이들의 말과 행동을 중심으로 흘러갈 수밖에 없었다. 그렇게 자주 등장하는 아이들이 어느 정도 고정되기 시작했고, 의도하지 않았지만 영상 속에서 아이들 사이에 비중의 차이가 점점 더 분명해졌다. 롱폼 영상은 비교적 괜찮았다. 넓은 화면비로 교실 전체를 담는 풀샷이 많았기 때문이다. 하지만 숏폼 영상은 달랐다. 짧은 시간 안에 메시지를 전달해야 했기에 특정 장면을 확대하는 클로즈업 촬영이 많아졌고, 그만큼 많은 아이들이 함께 등장하는 데에는 한계가 있었다.

나는 채널의 인기보다 더 중요한 것이 있다고 생각했다. 바로 '우리 반 아이들 모두의 기록'이었다. 그렇다고 조용한 아이들에게 분량 확보 목적으로 말을 더 하라고 강요할 수도 없었고, 정적인 아이들에게 교실 놀이에서 더 뛰라고 강제할 수도 없었다. 그렇게 되면 영상 속 모습은 아이들의 진짜 모습이 아니라, 연출된 모습이 되어버릴 것이기 때문이다. 그래서 어느 날 아이들에게 솔직하게 물어보았다.

"얘들아, 영상에 많이 나오고 싶어?"

조용한 성향의 아이들은 의외로 분명한 대답을 했다. 메인으로 나서는 건 부담스럽고, 지금처럼 친구들 뒤에서 조용히 웃고 함께 활동하는 정도가 좋다는 것이었다. 그 말에 고개가 끄덕여졌다. 아이들 각자의 방식이 존중받아야 한다는 생각이 들었다.

그럼에도 채널의 목적이 '선생님과 아이들의 모든 기록'이라면, 조용한 아이들이 아예 기록에서 빠질 수는 없었다. 적어도 단 한 편의 쇼츠만큼은, 모든 아이가 주인공이 되는 경험을 하게 해주고 싶었다. 그래서 담임이자 PD로서 새로운 방법을 고민했고, 결국 한 가지 아이디어에 도달했다.

'아이 각자의 장점이나 특기를 영상의 소재로 삼자.'

우리 반에는 정말 다양한 색을 가진 아이들이 있었다. 피아노를 잘 치는 아이, 그림을 잘 그리는 아이, 줄넘기를 잘하는 아이, 셔틀런을 잘하는 아이, 뜀틀을 멋지게 넘는 아이, 그리고 무엇보다 책을 사랑하는 아이까지. 이제 이 아이들 하나하나의 빛나는 순간을 짧은 쇼츠로 남겨주고 싶었다.

줄넘기 3중 뛰기, 피아노 연주, 그림 그리기, 벌레 잡기…. 아이들 각자의 특성에 맞춰 영상을 하나씩 만들어 갔지만, 학년 말까지도 쇼츠를 만들지 못한 아이가 한 명 있었다. 지우였다. 지우는 정말 조용한 아이였다. 아침 자습시간에도, 쉬는 시간에도 늘 책을 손에서 놓지 않았다. 수업이나 교실 놀이 시간에도 앞에 나서는 법은 거의 없었고, 그저 수줍게 웃으며 자기 자리를 지키는 아이였다.

"지우가 주인공이 되는 쇼츠도 꼭 하나는 만들어 줘야 하는데…"

그 생각이 계속 마음에 남아 있었다.

그러던 어느 날, 마침내 기회가 찾아왔다. 11월 13일, 수능일이었다. 그날 창의적 체험활동 시간에 아이들에게 수능 국어영역을 간단히 경험해 보게 했다. 독서 파트 앞부분 9문항만 따로 인쇄해 풀어보게 했는데, 초등학교 6학년 아이들에게는 분명 만만치 않은 문제들이었다. 그 순간 문득

떠올랐다.

'독서를 가장 좋아하는 지우라면, 혹시…?'

예상은 적중했다. 독서왕이었던 지우는 9문항 중 무려 7문항을 맞혔다. 그 순간, 더 이상 고민할 필요가 없었다. 집에 돌아와 곧장 '독서의 힘'이라는 제목으로 쇼츠 영상을 만들어 업로드했다. 영상은 많은 조회수를 기록했고, 댓글에는 지우를 향한 칭찬이 가득 달렸다. 조용하던 지우가 쇼츠 속 당당한 주인공이 되어 사람들의 응원을 받는 모습을 보며, 나 역시 마음이 따뜻해졌다.

이렇게 지우를 마지막으로, 우리 반 26명 모두가 적어도 한 번씩은 주인공이 되는 쇼츠를 완성했다. 물론 활달한 아

애들아, 영상에 많이 나오고 싶어?

이들은 여전히 여러 영상에 자주 등장하지만, 담임이자 PD로서 채널의 본래 목적이었던 '모든 아이들의 기록'을 끝내 이루어냈다는 점에서 스스로에게 한마디 해주고 싶다.

"그래도, 고생했다."

신고
당했다

11월 어느 날, 교실로 교감 선생님께서 전화를 주셨다. 수업이 끝난 뒤 교무실로 잠깐 들러 달라는 말씀이었다. 다년간의 경험(?)에 따르면 이런 연락은 좋은 일보다는 좋지 않은 일일 확률이 훨씬 높았다. 전화를 끊는 순간, '아, 99% 안 좋은 일이구나.' 하는 직감이 들었다. 수업을 마치고 떨리는 마음으로 교무실로 향했다.

교무실에 들어서자마자 교감 선생님께서는 '이선생의 영상일기' 채널과 관련해 국민신문고 민원이 교육청으로 접수되었다고 말씀하셨다. 여기까지는 그럴 수도 있다고 생각했다. 그런데 이어진 말씀이 문제였다. 이 민원과 관련해 교육청에서 내일 과장님을 비롯한 상급 기관의 관계자들이 학교로 직접 방문하겠다고 연락이 왔다는 것이었다. 교감 선생님께서는 교무·교감으로 근무하시며 300건이 넘는 국민신문고를 접해 보셨지만, 이런 이유로 교육청의 높은 분들이 일선 학교를 직접 방문하는 경우는 처음이라고 하셨다. 그만큼 이 일은 이례적이었다.

순간 두 가지 걱정이 동시에 밀려왔다.

첫째, 하늘을 우러러 부끄러움 없이 이 채널의 의도와 방향성은 분명했다. '아이들의 즐거운 학교생활을 기록해 공교육의 선한 영향력을 알리자.' 도대체 이 과정에서 어떤 문제가 있었다는 걸까? 만약 이번 민원으로 상급 기관이나 학교 관리자분들께서 채널 폐쇄를 지시한다면 나는 어떻게 해야 할까? 신념을 지켜야 할까, 아니면 모든 걸 접고 공무원으로서 조용히 살아야 할까. 오만가지 생각이 머릿속을 휘저었다.

둘째, 정말 만에 하나라도 이 민원을 제기한 사람이 우리 반 학부모라면 나는 어떻게 해야 할까? 늘 "선생님을 믿고 응원한다", "감사하다"고 말해 주셨던 학부모님 중 한 분이 내가 옳다고 믿었던 이 활동을 문제 삼아 민원을 넣었다면, 그 순간 이 일의 정당성은 크게 흔들릴 수밖에 없었다.

교감 선생님과의 대화를 마치고 집으로 돌아온 뒤, 나는 그동안 제작했던 모든 영상을 처음부터 끝까지 다시 보았다. 교실 수업, 학급 현장체험학습, 교실 놀이, 아이들의 연애 이야기까지 혹시라도 민원의 소지가 될 만한 장면이 있는지 하나하나 확인했다. 아무리 봐도 영상 속에는 아이들의 웃음소리만 가득했다. 울거나 속상해하는 아이는 단 한 명도 없었다. 평소 아이들과 친구처럼 허물없이 지내는 내 모습이 누군가에게는 불편하게 보였던 걸까? 도대체 무엇이 문제였을까. 그날 밤 나는 잠을 이루지 못한 채, 영상 속에 담긴 아이들과의 추억을 다시 되짚었다.

다음 날, 교육청 관계자들이 학교를 방문했다. 출근하자마자 혹시 교장실로 호출되지는 않을지 마음의 준비를 하고 있었지만, 예상과 달리 별도의 호출은 없었다. 그리고 방과 후 교무실에서 교감 선생님께 전해 들은 이야기는 뜻밖의 내용이었다. 민원의 핵심은 '이선생의 영상일기' 채널에 졸업앨범 촬영을 앞두고 아이들이 틴트를 바르고, 파운데이션을 바르며, 뷰러로 속눈썹을 집는 장면이 포함되어 있다는 것이었다. 해당 영상이 민원인의 자녀와 또래 아이들에게 부정적인 영향을 미친다는 주장이라는 설명이었다.

우선 민원을 잠재우기 위해 해당 영상의 삭제를 권고받았고, 나는 곧바로 영상을 비공개 처리했다. 이후 교감 선생

님께서는 '초등학생은 화장을 하면 안 된다'는 내용이 우리 학교 교칙으로 존재한다고 설명해 주셨다. 결과적으로 나는 교칙을 어기는 아이들의 모습을 영상으로 제작한 셈이 되어 버린 것이었다. 규정은 규정이기에, 아이들의 소중한 추억이 담긴 영상이었지만 미련 없이 내릴 수밖에 없었다.

다만 마음 한켠에는 아쉬움이 남았다. 학생인권조례나 교내 학칙을 놓고 옳고 그름을 따지고 싶지는 않다. 그러나 '초등학생 화장 금지'라는 규정이 과연 지금의 시대 변화에 부합하는지는 다시 생각해 볼 문제라고 느꼈다. 사춘기에 접어든 아이들이 이성에게, 그리고 자기 자신에게 멋져 보이고 예뻐 보이고 싶어 하는 마음은 지극히 자연스러운 본능이다. 나 역시 학창 시절을 떠올려보면, 초등학교 6학년 때

여학생들에게 잘 보이고 싶어 처음으로 왁스를 사서 머리에 발랐던 기억이 있다.

아이들의 본능적인 욕망을 무조건 억제하고 죄악시하기보다는, 그 에너지를 바른 방향으로 이끌어 주는 것이 교육의 역할 아닐까. 피부를 보호하기 위해 건강한 화장품을 사용하는 법을 알려주거나, 과도한 화장이 피부에 미치는 영향을 함께 배우고, 화장 후 올바른 피부 관리까지 책임지는 보건교육을 할 수도 있을 것이다. 선생님은 언제나 너희를 위한다는 맥락에서, 겉모습뿐 아니라 내면을 가꾸는 것이 진짜 아름다움이라는 메시지를 함께 전한다면, 그것이야말로 아이들에게 더 의미 있는 교육이 아닐까 하는 생각이 들었다.

“우리 반 구성원중 누군가가 불편하다면,
영상의 수정이나 삭제는 당연하다. 하지만
이해당사자가 아닌 제3의 ‘민원인’이
불편하다 하여 영상의 의도를 설명할
기회조차 없이 곧장 삭제해야 하는,
내가 속한 현실이 참담했다.”

이젠
멈춰야한다

쇼츠 영상을 보다 보면 가끔 학생이 선생님인 나에게 "아이 씨", "개구라" 같은 표현을 쓰는 장면이 담겨 있다. 교실 밖에서 보면 아이들의 말이 선생님을 향해 다소 과하게 비춰질 수 있다는 점도 충분히 이해한다. 사실 그대로 두면 악플이 달릴 것이 뻔해, 편집으로 걸러낸 것이 그 정도였지, 실제 교실에서는 더 과한 표현이 오간 적도 있었다. 그러나 이 모든 분위기는 담임인 내가 만든 것이었다.

만약 학생들의 그런 모습이 불편하다면 아이들을 비난하기보다, 그 환경을 허용한 담임인 나를 비판해 주시길 바란다. 나는 제자들이 유연하고 창의적인 사고를 경험하길 바랐고, 창의성은 자유로운 분위기에서 나온다고 믿었다. 그래서 교실만큼은 최대한 자유로운 공간으로 만들고 싶었다.

나는 친구들 사이에서 오가는 현실적인 대화도 일정 부분 수용했다. 예컨대 친한 아이들끼리 "존잘", "존예", "존못" 같은 비속어를 쓰더라도, 웃으며 구두로만 주의를 주었지, 화를 내거나 억압하는 방식으로 통제하지는 않았다. 또래 집단의 언어는 어른이 억누른다고 쉽게 바뀌지 않는다는 걸, 나 역시 유년 시절에 몸으로 겪어 알고 있었기 때문이다.

생활지도에서도 같은 원칙을 적용했다. 책가방을 들고 다니지 않는 학생에게는 책가방을 가지고 다닐 것을 권유했을 뿐, 강제로 하지 않았다. 대신 가방을 들고 다니지 않아 교과서가 없거나 숙제를 하지 못한 경우에는 그에 따른 책임을 지게 했다. 실내화를 가져오지 않은 학생에게도 마찬가지였다. 양말 오염이나 발을 다칠 위험을 막기 위해 교실에서는 운동화를 신고 다니도록 허용했다. 오히려 맨발로 교실에 들어오려는 아이에게 "얼른 운동화 신고 들어와"라고 말할 정도였다. 다만 책임을 가르치기 위해, 실내화를 착용하지 않아 교실에서 운동화를 신은 경우에는 점심시간이나 방과 후에 약 10분 정도 교실 바닥 청소를 하게 했다.

성장기 아이들을 위해 쉬는 시간 간식도 자율적으로 허용했다. 아이들은 무척 좋아했고, 교실 분위기는 한층 부드러워졌다. 돌이켜 보면 나의 학창 시절, 학생의 눈으로 본 학교는 늘 부당한 것 투성이였다. 그래서 나는 학생만 선생님께 지켜야 할 예의가 있는 게 아니라, 선생님 역시 학생들에게 지켜야 할 예의가 있다고 생각해 왔다. 선생님은 실내화를 신고 운동장에 나가고, 운동화를 신고 교실에 들어오면서 학생에게만 규칙을 강요하는 모습이 늘 마음에 들지 않았다. 선생님은 쉬는 시간에 커피와 간식을 먹으며 쉬는데, 학생은 왜 안 되는지도 이해되지 않았다. 무엇보다 선생님은 학생에게 말을 편하게 하면서, 학생은 '학생이니까'라는 이유로 항상 반듯하게 예의를 차려야 한다는 불평등도 썩 내키지 않았다. 예의를 차리려면 서로 차리는 게 맞고, 그렇지 않다면 교사가 먼저 벽을 허물어 편해지는 게 낫다고 생각했다. 그래서 나는 아이들에게 말을 편하게 했고, 아이들이 나에게 편하게 말하는 것도 허용했다.

하지만 학년말, 이 자유로운 분위기에 대해 스스로 크게 반성하는 계기가 찾아왔다. 여느 날처럼 아이들과 농담을 주고받으며 깔깔 웃고 있던 수업 시간, 한 학생이 나에게 툭 던지듯 말했다.

“뭔 소리예요?”

그 순간, 머리를 망치로 한 대 맞은 것 같은 기분이 들었다. 12월, 졸업을 불과 2주 남겨둔 시점이었다. 아이들의 말에 상처를 받아서가 아니었다. 오히려 ‘아차’ 하는 깨달음이 먼저 왔다. ‘이 아이들이 중학교에 가서 새로 만난 선생님께도 이렇게 말한다면 큰일이겠구나. 내가 아이들을 너무 풀어 줬구나.’

1년 동안 제공해 온 자유롭고 허용적인 분위기가, 자칫 아이들에게 독이 될 수 있겠다는 생각이 들었다. 나는 웃던 표정을 거두고 조금은 진지한 얼굴로 아이들에게 말했다. “선생님이 그동안 너희에게 과한 자유를 줬던 것 같아. 방금 한 그 말은, 학생이 선생님에게 하면 안 되는 말이라는 거 알고 있지?” 아이들은 곧바로 분위기를 읽고 대답했다. “네, 죄송합니다.”

아이들은 알고 있었다. 다만 담임이 만들어 둔 이 자유로운 교실 안에서, ‘우리 선생님은 이해해 줄 거야’라는 믿음 때문에 그 선을 잠시 넘었을 뿐이었다. 결국 모든 책임은 나에게 있었다. 나는 곧바로 아이들에게 사과했다.

“미안해, 얘들아. 내가 너무 내 생각만 했고, 올 한 해만 바라봤던 것 같아. 이제 중학교로 가야 하는 너희들의 다음

과정까지 충분히 생각하지 못했어. 선생님은 너희가 나와 지낸 이 시간 때문에 중학교에서 예의 없는 학생으로 낙인 찍히지 않았으면 좋겠어.” 그리고 덧붙였다.

“이제 서서히 자유로웠던 우리 반 분위기도 정리할 준비를 해야 할 것 같아. 너희의 미래를 위해서.” 아이들은 조금 진지한 표정으로 이렇게 답했다.

“네, 알고 있어요.
선생님이라서 가능했다는 것도요.
앞으로 주의하겠습니다.”

악플과 선플로
평가받는 교실

유튜브를 시작하고 5개월 동안 달린 댓글은 약 200개였다. 150일 남짓한 시간 동안 200개이니, 하루에 1~2개 정도의 댓글이 달린 셈이다. 그마저도 우리 반 아이들이나 학부모님, 혹은 내 지인들이 남긴 댓글을 제외하면 전 영상을 통틀어 하루에 1개 꼴이었으니, 흔히 말하는 유명 유튜버들의 '댓글 관리'라는 이야기는 그저 딴 세상 이야기처럼 느껴졌다. 하루에 하나씩 달리는 댓글조차 신기했고, 얼굴도 모르는 사람들이 좋은 말을 남겨주는 것이 그저 고마울 따름이었다.

그러던 중 5월 말, 수업 시간에 했던 사회 수업을 모의 대선 형태로 구현해 유튜브에 업로드했다. 그 순간 놀라운 일이 벌어졌다. 하루에 하나씩 달리던 댓글이 하루에 100개 이상씩 달리기 시작한 것이다. 댓글의 내용과 분위기는 제각각이었지만, 한 가지 공통점은 분명했다. 모두가 〈이선생의 영상일기〉 채널에 관심을 갖고 있다는 사실이었다. 처음에는 그저 좋았다. 조회수가 만 단위, 십만 단위로 오르면서 댓글도 천 개, 이천 개, 삼천 개씩 쌓여갔다. 하지만 댓글을 하나하나 읽다 보니, 왜 연예인들이 악플 때문에 힘들어하는지 온몸으로 느낄 수 있었다.

전체 댓글 중 선플의 비율이 압도적으로 높았지만, 절대적 소수에 불과한 악플이 유독 눈에 들어왔다. 수업에 대한 평가라면 악플이라 해도 얼마든지 감당할 수 있었다. 하지만 수업과 무관한, 외적인 요소에 대한 비난은 도저히 받아들이기 어려웠다. 그래서 악의적이고 터무니없는 댓글은 삭제했고, 같은 유형의 댓글을 반복적으로 다는 계정은 차단했다. 유튜브 시스템상 차단된 사람은 자신이 차단된 사실을 알 수 없다. 그들의 댓글은 본인에게만 보이고, 다른 누구에게도 보이지 않는다. 악플러는 그렇게 혼자만의 세계에 갇히게 된다.

담임교사인 나를 향한 악플은 어느 정도 예상했던 일이었기에 비교적 담담하게 받아들일 수 있었다. 때로는 꽤 건설적인 비판도 있었고, 그런 의견들은 악플로 여기지 않았다. 오히려 〈다른 반 몰래 우리 반만 캠핑〉 영상에서는 일부 비판 댓글을 고정 댓글로 올려 공론화하기도 했다. 내 생각이 틀릴 수도 있고, 건강한 비판은 나를 오만과 독선에서 지켜주는 역할을 해주기 때문이다.

하지만 진짜 문제는 아이들에 대한 악플이었다. 특히 아이들을 향한 인신공격성 댓글은 도가 지나쳤다. 극소수였지만 외모에 대한 비난, 성격에 대한 비난, 심지어 명백한 성희롱에 해당할 수 있는 댓글까지 등장했다. 유튜브에는 비속어가 포함되면 자동으로 숨겨주는 기능이 있어 어느 정도 도움이 되었지만, 문제는 성희롱성 댓글이었다. 특히 여학생들을 향한 댓글은 더럽고 역겨웠다. 특정 영상에서 여학생들의 몸매를 평가하거나, 2차 성징과 신체 발달을 언급하는 댓글까지 달렸다.

문제가 된 영상은 아이들의 키를 측정하는 내용을 담은 쇼츠였다. 아이들이 키가 커 보이고 싶은 마음에 스트레칭을 하거나 상체를 앞으로 내미는 장면이 있었는데, 그 모습을 보고 일부 변태적인 시선으로 아이들을 성적 대상화하는 댓글이 달렸다. 편집할 당시에는 이런 반응을 상상조차 하지 못했다. 댓글을 지우고 또 지웠지만, 24시간 댓글 관리만

할 수는 없었고 결국 내가 놓친 댓글을 본 학부모님께서 밤 늦게 연락을 주셨다. 이유와 과정이 어떻든 모든 책임은 채널을 운영하는 내 몫이었다. 나는 곧바로 사과드리고 해당 영상을 즉시 삭제했다. 이 일은 아이들이 출연하는 채널을 운영하는 만큼, 앞으로는 더 신중하고 세심해야 한다는 뼈아픈 교훈을 남겼다.

이 밖에도 과거에 다니던 학교나 학원 지인을 사칭하며 근거 없는 음해를 하는 댓글들도 등장했다. "전에 같은 반이었는데 정말 싸가지 없고 별로인 애다", "영상에서는 착한 척하는데 원래 그런 애 아니다" 같은 댓글은 악의적인 시기와 질투가 그대로 담긴 말들이었다. 그 댓글은 비수가 되어 아이의 마음에 꽂혔다. 해당 댓글은 학부모님의 제보로 뒤늦게 삭제했지만, 이미 아이가 상처를 받은 뒤였다. 사후약방문이었기에 미안한 마음이 컸다. 이쯤 되면 이런 질문이 나올 수 있다.

"댓글 창을 닫아 버리면 되지 않나요?"

나 역시 여러 번 고민했다. 하지만 98-99%의 댓글이 교육 활동과 아이들을 응원하는 선플인 상황에서, 단 1-2%의 악플 때문에 소통의 창을 닫아 버리는 것이 과연 옳은 선택일까 하는 생각이 들었다. 무엇보다 선생님과 부모님이 함께 잘 보듬어 준다면, 이 경험 역시 아이들을 더 단단하게 만들고 성장시키는 자양분이 될 수 있다고 믿었다. 실제 세상에서는 모든 사람이 나를 좋아해 줄 수 없고, 좋은 말만 듣고 살 수도 없다. 언젠가는 분명히 나쁜 말을 듣는 순간이 온다. 그때를 대비해 창의적 체험활동 시간을 활용해, 온라인 디지털 윤리 교육과 함께 아이들의 멘탈을 단단히 하는 연습을 해 나갔다.

물론 앞서 언급한 두 사례는 상대할 가치조차 없는 악플이었다. 하지만 다른 댓글을 찬찬히 읽다 보면, 듣기에는 불편하지만 분명 도움이 되는 조언도 있었다. 그래서 제자들에게 꼭 해주고 싶은 말이 있다.

"세상 사람 모두가 나를 좋아할 수는 없어. 대통령, 국회의원조차 많은 사람의 미움을 받는 상태로 당선되지. 그럼에도 나를 싫어하는 사람들의 목소리에도 귀 기울이고, 그 말에 일리가 있다면 받아들일 줄 아는 사람이 되었으면 좋겠어. 그 과정에서 우리는 더 단단해질 수 있으니까."

갑자기 금요일 조퇴를 내고
혼자 독도에 간 이유

6학년 2학기 사회과에는 독도에 대한 내용이 담겨 있다. 아이들은 이 단원에서 지구촌 평화의 관점으로 독도를 배운다. 그런데 이 단원 수업을 하면 할수록 마음 한쪽이 계속 아쉬웠다. 대한민국 영토 독도에 대한 역사적 기록도 충분했고, 인터넷에서 찾을 수 있는 영상 자료들 역시 훌륭했다. 하지만 이상하게도 가슴까지 와닿지가 않았다. 수업을 준비하면서 머릿속에는 계속 이런 생각만 맴돌았다.

'아, 이건 그냥 독도를 한 번 직접 가보면 게임 끝인데…'

수업하다 갑자기 독도로 향한 극P 담임

하지만 현실은 정반대였다. 강원도 현장체험학습 인솔 교사에 대한 유죄 판결 이후, 독도는커녕 동네 뒷산조차 아이들과 함께 가기 어려운 분위기가 만들어져 있었다. 그럼에도 불구하고 반 아이들과 독도에 가고 싶은 마음은 쉽게 사그라들지 않았다. 인천의 경우 교육청에서 6학년 학생 1인당 약 25만 원의 현장체험학습비가 지원되었기에, 비용이 전혀 없는 상황도 아니었다. 부족했던 것은 돈이 아니라 선생인 나의 용기였다. 모든 난관을 뚫고 아이들을 데리고 독도로 갈 용기가, 그때의 나에게는 없었다. 그렇게 잠시 품었던 '독도 현장체험학습' 계획은 조용히 접을 수밖에 없었다.

그러나 포기하고 나니 또 다른 생각이 떠올랐다. '아이들이 직접 독도를 밟지 못하더라도, 담임인 내가 대신 가서 보여줄 수는 없을까?' 유튜브에 검색하면 누구나 볼 수 있는 독도 영상이 아니라, 담임이 직접 독도 땅을 밟고 그곳에서 아이들과 비대면으로 수업을 하면 어떨까 하는 생각이었다. 교과서에 등장하는 독도경비대원분들께 아이들이 정성껏 쓴 편지와 위문품을 직접 전달한다면, 그것만으로도 충분히 의미 있는 수업이 되겠다는 확신이 들었다.

생각이 들면 바로 실행에 옮기는 성격답게, 이번에도 아내에게 조심스럽게 허락을 구했다. 내돈내산 독도행이었다. 고맙게도 아내는 주말을 포함한 2박 3일 일정의 독도 여행을 허락해 주었다. 그렇게 나는 금요일 조퇴를 내고, 독도로 향하기 위해 동해 묵호항으로 가는 기차에 몸을 실었다. 혼자였다면 외로웠을 여정이었지만, 감사하게도 경남의 한 초등학교에서 근무 중인 친구가 동행하겠다고 나섰다. 인천 교사 한 명, 경남 교사 한 명. 각자의 반 아이들이 준비한 위문품과 편지를 들고 우리는 독도를 향해 출발했다.

대한민국 서쪽 끝 인천에서 동쪽 끝 독도로 가는 길은 생각보다 훨씬 험난했다. 기차역이 없는 인천에서 서울역까지 지하철로 1시간 넘게 이동한 뒤, 서울역에서 강원도 동해시 묵호항까지 다시 약 3시간을 기차로 이동해야 했다. 묵호항 근처 모텔에서 잠시 눈을 붙인 뒤, 새벽에 출발하는 울릉도행 배에 몸을 실었다. 3시간 넘게 배를 타고 도착한 곳은 독도가 아니라 울릉도였다. 다시 독도행 배로 갈아타고 2시간가량 더 동쪽으로 이동한 뒤에야 비로소 독도에 도착할 수 있었다. 집을 나선 지 꼬박 24시간 만에 밟은 독도 땅이었다.

그마저도 큰 행운이 따랐다. 해운 관계자분들의 말에 따르면, 독도는 바람이 세거나 파도가 높으면 배를 대지 못해 배 위에서 바라보기만 하는 경우가 많다고 했다. 이날 역시 바람은 불었지만, 파도가 비교적 잔잔했다. 제자들에게 독도를 보여주고 싶다는 담임의 마음에 하늘이 잠시 힘을 보태준 것 같았다. 덕분에 나는 태어나 처음으로 독도 땅을 밟을 수 있었다.

독도에 머무를 수 있는 시간은 단 30분이었다. 그 짧은 시간 안에 독도경비대원분들께 위문품과 편지를 전달하고, 독도를 최대한 많이 눈과 카메라에 담아야 했다. 독도에 내리자마자 가장 먼저 한 일은 유튜브 라이브 방송을 켜는 것이었다. 다행히 송출은 안정적이었고, 우리 반 아이들 모두가 담임이 보고 있는 독도를 실시간으로 함께 볼 수 있었다. 약 200명 이상의 구독자들도 라이브 방송에 접속해 〈이선생의 영상일기〉 최초의 라이브 방송을 독도에서 함께했다. 우리 반 아이들만 볼 줄 알았던 방송이 어느새 공개수업이 되어

버려, 잠시 부담감이 들기도 했다.

라이브 방송 속에서 아이들이 정성껏 준비한 편지와 위문품을 독도경비대원분들께 무사히 전달했다. 이후 남은 시간 동안 라이브를 켠 채 독도 이곳저곳을 이동하며 아이들에게 독도를 보여주었다. 수업이 끝난 뒤 아이들은 이렇게 말했다.

"유튜브에 있는 독도 영상 보는 것보다, 선생님이 직접 가서 보여주니까 훨씬 재미있고 기억에 남아요."

그 말 한마디에 모든 고생이 보상받는 기분이었다. 내 노력을 알아봐 주는 제자들이 있다는 사실이 그저 고마웠다.

독도 방문 이후에는 울릉도에 머물며 독도의용수비대기념관, 독도기념관, 안용복기념관 등을 차례로 둘러보았다. 아이들과 나눌 독도 수업 자료를 머릿속에 차곡차곡 쌓아가기 위한 시간이었다. 비록 아이들과 함께 독도에 다녀온 것은 아니지만, 담임의 독도 여정을 영상으로 제작해 교실에서 활용함으로써 현장감 있는 독도 수업을 완성할 수 있었다. 백 번 듣고 읽는 것보다, 한 번 직접 보는 것이 더 강력하다는 말은 독도 교육에야말로 가장 잘 어울리는 표현이라고 느꼈다. 언젠가는 현장체험학습 중 발생한 불의의 사고에 대해 선생님들을 합리적으로 보호해 주는 법안이 마련되어, 마음 놓고 아이들과 현장체험학습을 다닐 수 있는 날이 오기를 조심스레 희망한다.

"백문이 불여일견."

미하엘이 갑자기
인기스타가 된 이유

2025년 3월, 우리 반 학생들을 처음 만났을 때 유독 눈에 들어오는 아이가 한 명 있었다. 다소 이국적인 이목구비를 가진 아이, 이름은 미하엘이었다. 미하엘은 러시아 국적의 학생으로, 학기 초에는 말수가 거의 없었다. 이름이 아직 낯설어 몇 번이나 '미하엘'을 '미사일'이라고 잘못 불렀던 기억이 있다.

미하엘은 한국어가 서툴렀다. 어린 시절을 러시아에서 보냈기에 러시아어가 자연스럽게 모국어가 되었고, 제2 언어로 습득한 한국어는 또래 친구들과 자유롭게 소통하기에는 부족한 수준이었다. 흔히 말하는 다문화가정 학생이 엄마나 아빠 한쪽만 외국인인 경우라면, 미하엘은 부모님 모두가 외국인인 '외국인 학생'에 해당했다.

3월 초 미하엘은 주로 자리에서 혼자 노트를 끄적이거나, 아이들이 모여 있는 곳 근처를 맴돌며 다소 겉도는 모습이 많았다. 다행히 5학년 때 같은 반이었던 남자아이들과는 가끔 대화를 나누는 모습을 보이긴 했다. 담임으로서 수업 내용을 제대로 이해하고 있는지 틈틈이 살폈지만, 미하엘은 늘 어딘가 아리송한 표정으로 나를 바라보곤 했다. 학교에서 외국인 학생을 대상으로 운영하는 '한국어 교실' 수업을 연계해 주며, 조금씩 나아지기를 기대할 수밖에 없었다.

그런데 미하엘에게는 분명한 강점이 하나 있었다. 타고난 운동신경이었다. 순발력이 좋았고, 몸의 탄력도 뛰어났다. 그래서 대부분의 운동을 곧잘 해냈다. 담임이자 PD인 나는 이 강점을 놓치고 싶지 않았다. 국어, 수학, 사회 시간에는 소극적이던 미하엘이 체육 시간만 되면 완전히 다른 아이가 되었기 때문이다. 그 시간만큼은 날아다녔고, 서툰 한국어로도 하고 싶은 말을 마구 쏟아냈다. 하여 나는 미하엘이 학급에 자연스럽게 녹아들 수 있도록 체육 활동을 적극적으로 활용했다.

한두 달이 지나자 변화는 눈에 띄게 나타났다. 체육 활동을 통해 미하엘은 누구에게나 '같은 편이 되고 싶은 친구'가 되어 있었다. 언어가 완벽하지 않아도 함께 뛰고 땀 흘리는 경험만으로 아이들은 빠르게 하나가 되었다. 그 모습을 보며 체육 활동이 가진 사회성 발달의 힘을 새삼 실감했다. 만약 미하엘이 운동에서도 두드러지지 않았고 조용하게만 지냈다면, 이렇게 빠르게 친구들과 가까워지기는 어려웠을 것이다.

여기에 미하엘은 피아노와 기타 연주에서도 꽤 수준급의 실력을 갖고 있었다. 할아버지께 배웠다는 악기 연주는 아이들의 관심을 단숨에 끌어당겼고, 자연스럽게 유튜브 영상의 좋은 콘텐츠가 되어 여러 편 업로드되기도 했다.

미하엘의 사례는 나로 하여금 예체능 교육의 의미를 다시 한번 생각하게 만들었다. 체육, 음악, 미술과 같은 예체능 교육은 그 자체의 전문성이나 예술적 가치와는 별개로, 아이들의 사회성을 키우는 데 큰 힘을 발휘한다. 특정 분야에서의 '잘하는 것'은 나의 자존감을 키워주고, 친구들 사이에서 나의 존재를 확인하게 해준다. 초등학생에게 요구되는 전문성은 결코 높은 수준일 필요가 없다. 또래보다 조금 앞서 있거나, '이건 내가 할 줄 알아'라고 말할 수 있는 정도면 충분하다.

“집에서 스마트폰을 보며
무의미하게 시간을 흘려보내는 대신,
미하엘처럼 운동이나 음악 같은 자신의 강점을
가꾸며 자존감을 채운다면 어떨까.
그 자존감이 용기가 되어, 좋아하는 친구에게
마음을 표현하게 만들었던 것처럼.”

미하엘이 갑자기 인기스타가 된 이유

4.
사랑이 넘치는 우리 반

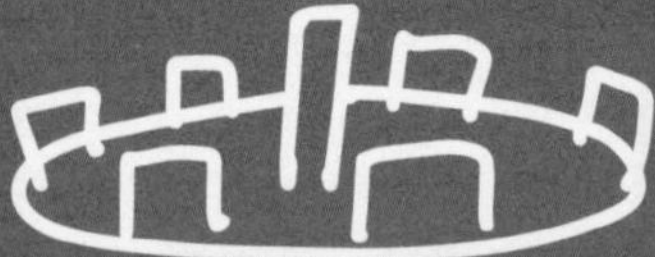

어쩌다 우리 반은
사랑이 넘치는 반이 되었을까?

개학 후 한동안 우리 반은 교실 없이 '시청각실'이라 불리는 특별실에서 수업을 이어갔다. 그러다 3월 말, 모듈러 교실이 완공되고 대기질 검사까지 통과한 뒤에야 비로소 진짜 우리 교실을 갖게 되었다. 새집으로 이사 오자마자 가장 먼저 해야 할 일은 역시 자리 배치였다.

자리를 어떻게 배치할까 고민하다가 '인디스쿨' 자료실에서 능력자 선생님께서 만들어 두신 자리 배치 프로그램을 활용하게 되었다. 이 프로그램에는 남녀 자리를 지정할 수 있는 기능이 있었다. 개인적으로 나는 남남, 여여로 앉히는 것보다 남녀 짝을 지어 주는 자리 배치를 선호한다. 남녀

가 함께 앉으며 서로에 대한 이해를 넓히고, 불필요한 성 갈등을 예방하는 데 도움이 된다고 믿어 왔기 때문이다. 무엇보다 남녀 아이들이 자연스럽게 어우러지는 화목한 반을 만드는 데 큰 역할을 한다고 생각했다. 아이들은 걸으로는 "싫어요" 하며 투덜댔지만, 속으로는 대부분 은근히 좋아하는 눈치였다. 이후 이 프로그램은 유튜브 영상에서도 짝을 정하거나 놀이 활동에서 파트너를 뽑을 때마다 자주 등장하게 된다.

우리 반은 남학생 13명, 여학생 13명. 정확히 1:1의 완벽한 성비를 자랑한다. 그래서 짝을 정할 때마다 마음이 한결 편했다.

3월 말, 처음으로 남녀가 짝이 되는 자리 배치를 했던 날

어쩌다 우리 반은 사랑이 넘치는 반이 되었을까?

의 장면을 나는 아직도 잊지 못한다. 모든 자리는 100% 우연으로 정해졌고, 이제 결과만 발표하면 되는 순간이었다. 그때 26명 아이들의 눈빛은 하나같이 TV 화면에 꽂혀 있었다. 누군가는 두 손을 모으고 있었고, 누군가는 아예 두 눈을 가리고 있었다. 교직 생활 10년 동안 어떤 수업에서도 이런 몰입은 본 적이 없었다. 돌이켜보면 나 역시 초등학교 시절, 마음속으로 좋아하던 친구와 짝이 되길 바라며 자리 배치 시간을 맞이했던 기억이 있다. 아이들의 눈빛은 분명 짝에 대한 기대감으로 가득 차 있었다.

프로그램이 하나씩 자리를 공개할 때마다 교실에는 환호와 탄식이 교차했다. 그 순간을 나는 〈운명의 자리뽑기〉라는 제목의 영상으로 남겨 두었다. 남녀가 짝이 되는 자리 배치를 시작하면서, 우리 반 어딘가에서 사랑의 씨앗이 함께

이성에 눈뜬 6학년 아이들의 대환장 자리배치

194 / 195

싹트고 있었던 건 아닐까 하는 생각도 해본다.

결과적으로 남녀 자리 배치는 꽤 성공적이었다. 활동성이 다소 과격한 남학생들은 옆자리 여학생들 덕분에 자연스럽게 톤이 낮아졌고, 남학생이 여학생에게, 여학생이 남학생에게 먼저 말을 걸고 함께 노는 모습이 교실의 일상적인 풍경이 되었다. 그러다 보니 쉬는 시간마다 함께 붙어 다니는 남녀 친구들이 눈에 띄었고, 자연스레 '하이에나(?)'들의 먹잇감이 되어 커플로 엮이기 일쑤였다.

"어? 누구랑 누구랑 요즘 분위기 예사롭지 않은데?"

이런 식으로 운을 띄우며 없던 사랑까지 만들어 내는 분위기가 형성되기 시작했다. 처음에는 아이들이 실제로 불편해할까 봐 싸움으로 번질 것을 우려해 제지하려 했지만, 돌아서서 웃고 있는 모습이 자주 포착되었다. 그래서 한동안은 아이들의 반응을 조금 더 지켜보기로 했다. 심지어 어느 순간부터는 아이들이 특정 남녀 친구를 엮을 때, 담임인 내가 추임새를 넣어 더 그럴듯하게 엮어주기도 했다. 오히려 이렇게 서로를 사랑으로 엮는 분위기가 학급 전체에 부정적인 영향보다 긍정적인 영향을 더 많이 준다고 판단했기 때문이다.

어쩌다 우리 반은 사랑이 넘치는 반이 되었을까?

　그러다 아이들의 마음을 자연스럽게 확인할 수 있는 놀이 하나가 떠올랐다. 바로 〈사랑합니다〉 게임이었다.

　이 게임은 유튜버 '이종대왕'님의 콘텐츠에서 아이디어를 얻어 우리 반 특성에 맞게 변형한 놀이였다. 원래 규칙은 "사랑합니다!"를 외친 뒤 학급 구성원 사이의 공통점을 말하면, 해당되는 아이들이 자리에서 일어나 서로 자리를 바꾸는 방식이다.

　예를 들어 "사랑합니다! 아침밥을 먹었으니까!"라고 외치면, 아침밥을 먹은 친구들끼리 이동하며 서로를 확인하는 식이다. 주말이나 방학처럼 오랜 시간 떨어져 지낸 뒤, 서로의 근황을 놀이처럼 알아보기에 참 좋은 게임이었다. 방학

이 끝난 뒤 "사랑합니다! 방학 때 바다에 갔으니까!"라는 말 한마디로, 굳이 설명하지 않아도 서로의 시간을 자연스럽게 공유할 수 있었다.

이렇게 건전하던(?) 게임을 우리 반은 어느새 '진짜' 사랑 게임으로 변형시켜 버렸다. 그 과정은 고스란히 카메라에 담겼고, 쇼츠 영상으로 세상에 공개되었다. 그리고 그때는 정말 상상조차 하지 못했다. 그 영상이 <이선생의 영상일기>를 처음으로 많은 사람들에게 알리게 될 줄은.

"그저, 사랑해도 괜찮은 교실을
만들고 싶었다."

어쩌다 우리 반은 사랑이 넘치는 반이 되었을까?

얘들아,
우리반 유튜브 재밌니?

2025년 3월, 아이들의 학교생활 모습을 기록하기 위해 〈이선생의 영상일기〉를 시작했다. 초창기에는 조회수나 구독자 수에 대한 욕심이 전혀 없었기에, 거의 모든 영상은 우리 반 아이들과 학부모님들에 의해 소비되었다. 모두가 볼 수 있는 유튜브 플랫폼에 영상을 올리긴 했지만, 롱폼 영상의 조회수는 늘 100회 안팎이었고 숏폼 영상도 1,000회를 조금 넘기는 수준에 머물렀다.

편집 실력이 부족했던 탓에 영상에는 특별한 기술이 들어갈 리 없었고, 컷 편집 역시 많이 허술했다. 당연히 영상은 재미있을 리가 없었다. 그럼에도 아이들의 학교생활을 기록하는 ‘영상 앨범’이라는 본질적인 목적을 지키고 싶어 꾸준히 영상을 업로드했다. 하지만 사람들의 반응은 없었다.

채널을 운영한 지 석 달쯤 되었을 무렵, 심지어 우리 반 아이들조차 자신들이 출연한 영상에 관심을 보이지 않기 시작했다. 수업 영상의 조회수는 50도 채 나오지 않는 지경에 이르렀다. 퇴근 후 저녁 시간과 주말까지 쏟아부어 편집했는데, 정작 우리 반 아이들과 학부모님들조차 영상을 보지 않는다는 사실을 깨달았을 때 상심이 컸다.

‘적어도 우리 반 아이들과 학부모님들은 다 봐줘야 하는 거 아닌가?’

‘내가 얼마나 많은 시간을 들였는데….’

영상이 재미없다는 걸 스스로도 어느 정도는 알고 있었지만, 그래도 일말의 희망을 품고 아이들에게 직접 물어봤다.

“얘들아, 선생님이 올린 우리 반 수업 영상 재밌니?”

“네!”

“그런데 왜 영상을 안 봐?”

“……”

“부모님들은 영상 보셔?”

“보실 때도 있지만… 잘은…”

담임이 상처받을까 봐 그런 건지, 아니면 정말로 재미있다고 느낀 건지는 알 수 없었지만 아이들은 고맙게도 영상이 재미있다고 답해주었다. 그러나 조회수와 시청 지속 시간은 거짓말을 하지 않았다. 유튜브 스튜디오의 시청 지표를 통해, 우리 반 상당수 아이들과 학부모님들이 영상을 아예 보지 않거나, 보더라도 끝까지 시청하지 않고 중간에 넘기다 꺼버린다는 사실을 확인했다.

채널 성장이 목적은 아니었지만, 담임이 정성을 들여 만든 교육활동 영상을 이렇게까지 안 본다는 사실은 꽤 큰 상실감으로 다가왔다. 결국 나는 아이들 앞에서 이렇게 선언했다. "애들아, 선생님은 우리 반 유튜브 채널을 좀 키워보고 싶은데, 너희 생각은 어때?" "오! 저희도 좋아요!" 아이들은 이구동성으로 "해보자"고 했다. 그렇게 담임이자 PD인 내게 새로운 과제가 생겼다. 이 대화를 나눴던 시점은 5월, 학급 유튜브 채널 운영 3개월 차였다. 유튜브 스튜디오를 확인해 보니 당시 구독자 수는 약 380명이었다. 그때부터 나는 영상 편집을 처음부터 다시 배웠다. 의미 없이 흘러가는 장면은 과감히 잘라내고, 오디오가 비는 부분에는 효과음이나 배경음을 채웠다. 빨리빨리를 좋아하는 한국인의 특성을 떠올리며 지루하게 반복되는 장면은 삭제하거나, 꼭 필요할 경우 빠른 배속으로 처리했다. 결론을 앞부분에 배치하고 전체 전개의 템포도 한층 끌어올렸다.

가장 큰 변화는 영상의 소재였다. 이전에는 한 주 동안 진행한 수업 중 '교육적 의미가 가장 큰 수업'을 골라 촬영해 업로드했다면, 이후에는 '아이들이 가장 재미있어했던 수업'으로 소재를 바꾸었다. 또 롱폼 중심이던 업로드 방식에서 숏폼 중심으로 영상의 형태도 과감히 전환했다.

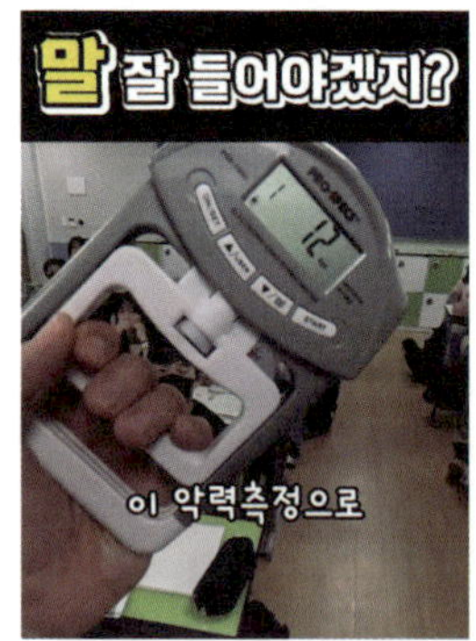

얘들아, 우리반 유튜브 재밌니?

반응은 놀라웠다. <사랑합니다>로 시작한 창의적 체험활동 시간 교실 놀이를 비롯해 <모의 대선>, <가가볼>, <팝스 악력 측정>, <어버이날 문자 보내기> 등 5월에 업로드한 대부분의 영상이 소위 말하는 '떡상'을 경험했다. 구독자 수는 수천 명이 늘었다. 단기간에 20배 가까이 증가한 것이다.

특히 <사랑합니다> 영상은 고백 편과 도파민 편으로 나누어 두 차례 업로드했는데, 댓글 반응이 폭발적이었다. 이 반응을 보며 동서고금을 막론하고, 역시 10대 아이들은 본능적으로 이성에 대한 호기심이 크다는 사실을 다시 한번 실감했다. 어쩌면 이성에 대한 관심을 숨겨야 할 것처럼 여기고, 때로는 비도덕적인 것으로 취급해 온 우리 교육의 분위기 속에, 학교라는 공간 안에서 남학생과 여학생이 자유롭게 소통하고 호감을 표현하는 모습이 오히려 신선하게 다가온 것은 아닐까.

"나는 그때야 비로소, 내가 가야 할 길을
찾았다는 느낌을 받았다."

선생님!
미하엘이 고백한대요!

    과거 나의 학창 시절, 선생님들은 종종 이런 말씀을 하셨다.

"학생이 하라는 공부는 안 하고, 어디서 연애질이야?"
"학교에서 연애 이야기 금지야."

    이런 말들 속에서 자란 우리나라 아이들 대부분은 성(性)과 관련해 죄책감을 배우며 성장해 왔다. 성은 비도덕적이거나 수치스러운 것이 되었고, 부끄러워서 숨겨야 하는 것으로 다뤄졌다. 어쩌면 이것은 교육이 아니라, 교육의 이름을 빌린 억압이었는지도 모른다.

　우리나라의 성교육은 양적으로도, 질적으로도 충분하다고 말하기 어렵다. 성교육을 해야 할 교사들조차, 학창 시절 제대로 된 성교육을 받아본 경험이 거의 없고, 오히려 성을 윤리적으로 재단하며 죄의식을 갖게 하는 교육 속에서 자라왔기 때문이다. 하지만 성은 윤리와 직접적인 대립 관계에 있는 영역이 아니다. 성은 생명과 연결되어 있고, 인권과 깊이 맞닿아 있는 중요한 주제다. 그렇기에 더더욱 학교에서 책임 있게 다뤄져야 할 영역이다. 그러나 현실에서는 학교에서도, 가정에서도 성을 신비화하고 은폐하는 방식의 교육이 여전히 반복되고 있다.

　성교육은 성적 본능을 다루는 교육이다. 그리고 성적 본능을 다루는 방식은 성장기 아이들의 자아 형성에 결정적인 영향을 미친다. 다시 말해, 성교육은 '건강한 자아'를 만드는 데 필수적인 교육이다. 성을 억압하고 비도덕적인 것으로만 취급해 온 우리 사회의 성교육은 어쩌면 교육이 아니라, 반(反)교육이었을지도 모른다. 개인적으로 성을 비도덕적인 것으로 단정하는 것은 교육이 부족한 수준을 넘어, 교육에 반하는 행위라고 생각한다. 나는 학창 시절 내내 그것이 늘 불만이었다. 제대로 된 성교육은 해주지 않으면서, 이성에 대한 이야기나 연애 이야기를 꺼내기만 하면 "헛소리 말고 공부나 해라"라는 꾸지람이 돌아왔다. 본능적으로 이성에 대한 호기심이 가장 왕성한 시기에, 나는 '나 자신'을 억압당하고 있다는 느낌을 받았다. 그래서 담임이 됐을 때, '연애'에 대해 조금 더 허용적인 분위기, '이성'에 대해 자유롭게 교류할 수 있는 교실 문화를 만들고자 했다. 물론 어려움이 없었던 것은 아니다. 일부 관리자와 동료 선생님들로부터 "교실에서 아이들 연애를 조장하는 것 아니냐"는 우려의 말을 듣기도 했다. 그 조언들을 충분히 수용하면서도, 나는 내가 옳다고 믿는 방식으로 학급을 운영하기로 했다.

가장 먼저 한 일은, 누군가를 좋아하는 마음은 본능적인 감정이며 너무나 자연스러운 감정이라는 인식을 아이들에게 심어주는 것이었다. 〈사랑합니다〉 게임을 비롯해 다양한 교실 놀이를 구성했고, 그 안에서 아이들이 자연스럽게 이성에 대한 호감을 표현할 수 있는 기회를 만들었다. 처음에는 모두가 부끄러워하며 머뭇거렸지만, 한 명, 두 명씩 솔직한 마음을 표현하기 시작하자 교실의 분위기는 서서히 달라졌다.

결정적인 계기는 여름에 있었던 미하엘의 공개 고백이었

다. 그날의 상황은 지금도 또렷하다. 쉬는 시간, 6학년 연구실에서 커피를 타고 교실로 돌아가려는데 우리 반 여학생 몇 명이 다급하게 나를 불렀다.

"선생님! 미하엘이 아연이한테 고백한대요. 카메라요, 카메라!"

커피를 내려놓고 급히 교실로 향했다. 교실은 이미 술렁이고 있었다. 친구들의 응원을 받으며 서 있던 미하엘은 잠시 망설이다가 용기를 내 아연이에게 다가갔다. 그리고 떨리는 목소리로 말했다.

"나 너 좋아해. 우리 사귈래?"

아연이는 잠시의 망설임도 없이 그 고백을 받아들였다. 그 순간, 교실 안은 담임을 포함해 모두의 환호로 가득 찼다. 친구들은 비명을 지르며 박수를 쳤고, 누군가는 눈을 가리며 웃었다. 이 장면은 영상으로 기록되어 유튜브에 업로드되었고, 그 영상은 조회수 1,000만 회 가까이 달성하며 수많은 학생들의 마음을 흔들었다.

이 영상을 두고 "교실에서 연애를 조장한다"고 나를 비판하는 목소리도 분명히 있었을 것이다. 하지만 나는 과거의 내가 경험했던 교실과는 다른 교실을 만들고 싶었다. 성을 억압하지 않고, 성을 윤리로 재단하지 않으며, 자신의 본능을 어떻게 다뤄야 하는지를 배울 수 있는 공간. 나는 그런 교실을 꿈꿨다.

수업 시간에는 생명과 연결된 성의 문제를 직관적이고 구체적인 방식으로 자주 다뤘다. 그 결과였을까. 얼레리꼴레리로 상징되는 놀림 대신, 친구들의 박수와 축복 속에서 자신의 마음을 당당하게 표현하는 아이들의 모습이 만들어졌다. 미하엘의 용기는 교실 문화를 크게 바꾸었고, 이후 다른 아이들 역시 자신의 감정을 조금씩 솔직하게 표현하기 시작했다.

나는 그 과정이 안전하고 건강하게 이루어질 수 있도록, 교실 놀이라는 창구를 계속해서 만들어 주었다.

선생님! 미하엘이 고백한대요!

"연애 이야기도,
충분히 수업이 될 수 있다고 믿었다."

우리
손 잡을까요?

'우리 손 잡을까요~'

우효라는 가수의 노래 〈민들레〉 도입부다. 이 노래는 미하엘이 아연이에게 공개 고백을 하던 장면의 배경음악으로 사용되었고, 그 이후 한동안 우리 반 아이들이 입에 달고 살던 노래였다. 물론 미하엘과 아연이가 헤어진 뒤에는, 둘을 놀리기 위한 장난스러운 노래가 되어버렸지만 말이다. 유치원이나 초등학교 저학년 때까지만 해도 남자아이와 여자아이가 손을 잡는 일은 그리 어려운 일이 아니었다. 그런데 어느 순간, 보통 3~4학년이 되면 아이들은 손을 잡는 것을 갑자기 부끄러워하기 시작한다. 나는 그 원인을 우리 사

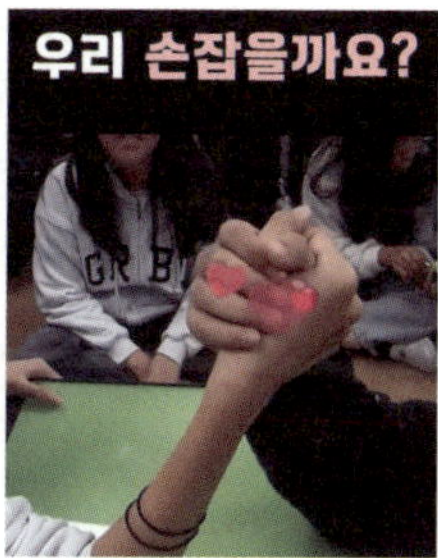

회의 성교육 방식에서 찾는다. 정확히 말하면 '잘못된 성교육'이라기보다는, 지속적이고 실효성 있게 이루어지지 못한 부족한 성교육에 가깝다.

간헐적으로 이루어지는 성교육마저도 이성에 대한 호기심을 자연스러운 감정으로 다루기보다는, 은폐하거나 불편한 것으로 취급하는 경우가 많다. 성을 언급하는 것 자체가 비도덕적인 일처럼 느껴지게 만든다. 그러다 보니 남학생과 여학생이 손을 잡기라도 하면, 옆에 있는 친구들이 곧바로 놀리기 시작하고, 아이들은 놀림을 피하기 위해 손을 잡는 것을 싫어하는 척해야만 했다. 담임으로서 나는 이 상태를 그대로 두고 싶지 않았다.

우리는 일상에서, 누군가에게 도움을 주거나 요청할 때 '손'이라는 말을 관용적으로 사용한다. '손길을 내밀다', '손을 잡다'처럼 우리말에서 손이 상징하는 의미는 꽤 깊다. 그래서 반 아이들이 서로의 손을 잡아보는 경험을 해보길 바랐다. 손을 내밀고, 손을 잡는 과정을 통해 이성에 대한 호기심을 건강하게 풀어내고, 무엇보다 연대와 신뢰의 감각이 자라나길 기대했다.

하지만 아이들에게 손을 잡는다는 행위는 여전히 '이성적인 의미'로 먼저 해석되었다. 손을 잡는 교실 놀이를 할 때면 교실 곳곳에서 비명이 터져 나왔다. 심지어 전혀 그런 의도가 없던 팔씨름조차 "손 잡아라"라는 말이 나오면 아이들은 질색을 했다.

그래서 손을 잡는 교실 놀이에는 한 가지 원칙을 세웠다.

먼저 손을 내미는 것은 '잡아도 된다'는 의사 표현일 뿐이며, 그 손을 잡을지 말지는 상대방이 결정한다는 것.

이 원칙에는 중요한 의미가 담겨 있다. 누군가의 손을 잡을 때는 반드시 동의가 필요하며, 동의 없는 접촉은 절대 허용되지 않는다는 '존중'의 메시지였다. 다행히도 우리 반 아이들은 손을 내밀면 한 번도 거절하지 않았다. 망설이다가도 결국 덥석 손을 잡았다.

'둥글게 둥글게', '제한 시간 안에 모두 손깍지 끼기', '친구에게 손 내밀기' 같은 활동들은 쇼츠 영상으로 제작되어 업로드되었다. 영상 속 아이들은 목소리로는 비명을 지르며 싫다고 말하지만, 얼굴을 자세히 들여다보면 대부분 웃고 있었다. 그렇게 싫다던 아이들이 쉬는 시간이 되면 나를 찾아와 "다음 시간에 또 하자"고 떼를 쓰곤 했다. 그리고 막상 게임이 시작되면 다시 싫은 척 비명을 질렀다.

처음에는 옷자락을 살짝 잡거나, ET처럼 손가락 끝만 겨우 닿게 하던 아이들이 학년 말쯤 되자 자연스럽게 손을 잡는 모습을 보이기 시작했다. 그 모습을 보며 아이들은 결국 선생이 어떤 메시지를 주고, 어떤 마음으로 지도하느냐에 따라 달라진다는 사실을 다시 한번 실감했다. 동시에, 내가 하고 있는 이 교육에 대한 책임감도 함께 느끼게 되었다.

"존중이 담긴 손길은
관계를 자라게 했다."

학교로 날아온
편지들

유튜브 채널이 성장하면서, 감사하게도 많은 분들이 관심을 가져주셨다. 특히 우리 반 아이들의 이야기를 마치 한 편의 드라마처럼 지켜보는 열혈 시청자들이 늘어났다. 그러다 보니 웃지 못할 해프닝도 생기기 시작했다.

상당수의 시청자는 우리 반 아이들의 '러브라인'에 유독 큰 관심을 보였다. 아이들의 학교생활 중 한 장면일 뿐인데도 댓글과 메일, 심지어 학교로 날아온 손편지에는 이런 내용들이 담겨 있었다.

"미하엘이랑 아연이를 다시 만나게 해주세요."

"도윤이랑 서현이가 사랑할 수 있게 해주세요."

"시율이랑 유라가 다시 행복했으면 좋겠어요."

"서아랑 미하엘을 이어주세요."

그럴 때마다 헛웃음이 절로 나왔다. 우리는 그렇게까지 심각하게 생각하지 않는데, 과도한 관심은 때로 부담이 되었다. 아이들의 속사정을 제대로 알지도 못한 채 특정 관계를 두고 악플이 달릴 때면, 내가 처음에 의도했던 방향과 너무 멀어졌다는 생각에 채널 운영에 대한 회의감이 밀려왔다.

특히 초등학생들의 '사귐'은 어른들의 연애와는 전혀 다른 의미였다. 아이들 사이에서의 사귐은, 말 그대로 조금 더 친한 친구 사이가 되었다는 '관계의 확인'에 가깝다. 그러니 더 친한 친구가 바뀌는 일도 자연스러운 과정이다. 그런데 일부 시청자들은 이를 어른들의 연애와 동일 선상에 놓고 해석하며, 마치 바람을 피운 것처럼 과몰입했다. 그 간극이 나를 가장 힘들게 했다.

그런 상황 속에서 국어 연극 단원 수업을 하던 중 또 하나의 장면이 만들어졌다. 교과서에 실린 연극 자료들은 아이들의 호기심을 끌기 어려웠고, 수업을 하는 나 역시 재미를 느끼기 힘들었다. 그래서 연극 단원 수업에 사용할 새로

운 소재를 찾다가 드라마 〈그 해 우리는〉을 떠올렸다. 이 드라마는 청소년들의 풋풋하고 순수한 감정을 다루고 있었고, '사랑'이라는 키워드에 유독 반응하는 우리 반 아이들의 흥미를 끌기에 충분해 보였다.

나는 연기의 기본기인 호흡이나 발성, 딕션보다는 흥미를 우선으로 수업을 구성했다. 아이들이 공감할 수 있는 드라마 속 상황을 가져와, 배우들의 대사를 그대로 따라 해보는 방식으로 연극 수업을 진행했다. 이후 뽑기 프로그램으로 파트너를 정했고, 우리 반 26명의 아이들은 남녀가 둘씩 짝을 이루어 드라마 속 대사를 주고받았다.

그 과정에서 미하엘은 서아와 짝이 되었다. 두 아이는 드라마 속 대사를 진지하게 주고받았고, 그 모습은 반 친구들

을 설레게 하기에 충분했다. 이 장면은 〈하늘이 주신 기회〉
라는 제목의 쇼츠로 제작되어 업로드되었다. 영상 속 대사
는 다음과 같았다.

서아: "우리 사귀는 거 애들한테 말하면 죽어."

"그리고 사귄다고 귀찮게 구는 것도 안 돼."

"난 무조건 공부가 1순위야…"

미하엘: (끄덕끄덕)

서아: "그리고 너 공부 열심히 해야 돼. 중학교 가야지."

"너는 뭐 할 말 없어?"

미하엘: "내일 뭐 해?"

영상에는 분명히 '연극 단원 수업 중'이라는 자막이 들어
가 있었지만, 미하엘이 아연이가 아닌 서아와 이 대사를 주

고받았다는 이유만으로 댓글창은 순식간에 난리가 났다.

"아연이는 어쩌고?"

"왜 미하엘이 서아랑 붙었냐."

"우리 아연이 마음 아프겠다."

댓글을 읽을수록 당혹감은 커져만 갔다. 종종 비속어가 섞인 악플도 달려 삭제해야 했다. 문득, 드라마와 현실을 구분하지 못한 시청자들이 방송국에 민원을 넣었다는 오래된 뉴스들이 떠올랐다. 이게 초등학교 아이들이 놀고, 공부하고, 연극 수업을 하는 장면을 두고 벌어질 일인가 싶기도 했다.

그럼에도 나는 이렇게 생각하기로 했다. 그만큼 〈이선생의 영상일기〉에 깊이 빠져든 시청자들이 많아졌다는 뜻일지도 모른다고. 아이들 사이의 관계는 늘 유동적이다. 어떤 관계는 깊어지고, 어떤 관계는 옅어지며, 마음의 방향은 시시각각 바뀐다.

"그 모든 과정을 지나 우리는
'친구'라는 이름으로 남았다."

급훈 :
사랑으로

우리 반에 한 학기가 지나도록 다소 소외되어 보이는 남학생 A가 있었다. 그렇다고 우리 반 아이들이 의도적으로 따돌리는 분위기는 당연히 아니었다. 굳이 함께 어울리고 싶지 않을 뿐, 미움이나 배척은 아니었기에 다른 아이들을 나무랄 수도, 억지로 친해지라고 강요할 수도 없었다. 그 애매한 지점이 오히려 더 어려웠다. 그때 문득 이런 생각이 들었다.

'요즘 우리 반에서 가장 강력한 키워드는 단연 사랑이다. 그렇다면 그 힘을 한 번 빌려볼 수는 없을까.'

그래서 반에서 가장 성격이 밝고 사람을 잘 받아주는 여학생 B와 A를 짝으로 엮어보기로 했다. 지금에서야 고백하지만, 우리 반에서 1년 내내 사용했던 자리 배치 프로그램은 담임 마음만 먹으면 얼마든지 조정이 가능했다. 이 글을 읽는 아이들이 배신감을 느낄지도 모르겠지만, 가슴에 손을 얹고 말하자면 1년 동안 그런 '주작'은 딱 두 번뿐이었다.

물론 짝이 되었다고 해서 처음부터 노골적으로 엮을 수는 없었다. 그런데 기회가 의외의 순간에 찾아왔다. 여학생 B는 평소 책 읽기를 좋아하지 않았다. 국어 시간, 아이들이 차례로 교과서 지문을 소리 내어 읽고 있던 중이었다. 평소라면 발표도 잘하고 적극적인 B였지만, 그날은 책을 보지 않고 창가를 멍하니 바라보고 있었다. 정확히 말하면, 창문 쪽을 보고 있었고 그 자리에 A의 옆모습이 있었다.

나는 그 순간, 아이들이 읽고 있던 책을 멈추고 이렇게 말했다.

"어? 지금 B가 책은 안 보고 A만 빤히 쳐다보는데?"

그 한마디에 교실의 공기가 단숨에 바뀌었다. 24명의 아이들은 기다렸다는 듯이 반응했다.

"어? 뭐야 뭐야?" "어, 그런 거였어?" "축하해!"

그날 A와 B는 순식간에 '공식 커플'이 되었다. 조용했던 A는 당황한 눈빛으로 B를 바라봤고, B는 폴짝폴짝 뛰며 아니라고 극구 부인했다. 하지만 이미 만들어진 분위기 앞에서 사실 여부는 더 이상 중요하지 않았다. 아이들은 듣고 싶은 대로 듣고, 믿고 싶은 대로 믿었다.

그날 이후 아이들은 수업 시간에도, 쉬는 시간에도 A와 B를 자연스럽게 엮었다. 그 덕분에 평소에는 거의 언급되지 않던 A의 이름이 아이들 입에 자주 오르내리기 시작했고, 자연스럽게 대화와 교류의 빈도도 늘어갔다. 쉬는 시간, 일부러 다른 일을 하는 척하며 A가 친구들과 웃으며 이야기하는 소리를 들었을 때, 담임으로서 나는 꽤 오랜만에 안도감 섞인 미소를 지었다.

이후에는 짝 활동을 수업에 자주 넣었다. 함께 글을 쓰고, 그림을 그리고, 조사하고 발표하는 활동까지 대부분 짝 활동으로 구성했다. 자연스럽게 A와 B는 많은 시간을 함께 보냈고, B의 밝은 에너지는 조금씩 A에게 옮겨갔다. A는 점점 더 적극적으로 변해갔다. B는 여전히 엮일 때마다 폴짝폴짝 뛰며 절규했지만, 수업 시간에는 묵묵히 A와 모든 활동을 함께해 주었다.

그래서 나는 담임으로서 B에게 마음 깊이 고마웠다. 만약 B가 그렇게 밝은 아이가 아니었다면, 집에 가서 이렇게 말했을지도 모른다.

"엄마, 선생님이 내가 좋아하지도 않는데 자꾸 A 좋아한다고 놀려."

"선생님 때문에 학교 가기 싫어."

그랬다면 이 일은 내가 기대한 방향으로 흘러가지 못했을 것이다. 이 글을 빌려, B에게 고맙다는 말을 꼭 남기고 싶다.

아마 아이들 모두 알고 있었을 것이다. B가 A를 실제로 좋아한 것은 아니라는 사실을. 우리 반 아이들은 그저 함께 굴릴 '놀이의 공'이 필요했을 뿐이다. 나는 담임으로서 그 공을 '사랑'이라는 이름으로 만들어 아이들에게 던져주었다. 그 공놀이를 통해, 반에서 다소 걸돌던 한 아이가 조금 더 안으로 들어오길 바랐다.

"그렇게 '사랑'은 우리 반 아이들에게
놀이였고 즐거움이었다.
그 놀이 덕분에, 누구도 혼자가 아니었다."

급훈 : 사랑으로

선생님,
제 마음을 알아주세요

개인적으로 나는 반 아이들과의 관계 형성을 위해 필요하다고 판단해 학생들에게 내 휴대전화 번호를 공개해 왔다. 어느 날 퇴근 후 집에서 청소기를 돌리고 있을 때였다. 책상 위에 올려둔 휴대전화에서 카카오톡 알림이 울렸다. 화면을 열어보니 새로운 단체 채팅방이 하나 만들어져 있었고, 우리 반 여학생 두 명이 담임인 나를 초대한 상태였다.

내용은 이랬다.

"선생님, 제가 요즘 OO를 좋아하는데요."

"접점이 없고, 갑자기 다가가면 친구들이 이상하게 볼 것 같아요."

그러더니 마지막으로 이렇게 적혀 있었다.

"그러니까… 엮어주세요."

순간 머릿속에 물음표가 떠올랐다.

'이제 대놓고 담임한테 엮어달라고 하는 게 맞나?'

한편으로는 웃음이 나왔고, 또 한편으로는 묘한 뿌듯함이 밀려왔다. 이만큼 자신의 감정에 솔직해졌다는 것, 그리고 무엇보다 담임인 나를 그만큼 믿고 있다는 뜻처럼 느껴졌기 때문이다.

다음 날 학교에 가서 전날 단톡방에서 대화를 나눴던 아이들과 눈이 마주쳤다. 말은 하지 않았지만 서로 눈빛으로 낄낄대며 웃음을 주고받았다. 그리고 여느 날과 다름없이 창의적 체험활동 시간 교실 놀이를 시작했다. 물론, 전날의 대화를 알고 있던 담임으로서 약간의 '착한 조작'을 더해, 엮어달라고 했던 친구들이 같은 파트너가 되도록 프로그램을 살짝 손봤다.

그날 교실 놀이는 아이들이 원하던 대로 실컷 엮어주는 방향으로 흘러갔다. 아쉽게도(?) 아이들이 바랐던 결과로까지 이어지지는 않았지만, 담임에게 직접 연락해 마음을 털어놓고 도움을 요청한 아이들의 모습만으로도 내겐 충분한 보람이 있었다. 동시에 묘한 책임감도 느껴졌다.

'아, 내가 아이들에게 꽤 영향력 있는 위치에 있구나.'

그 깨달음은 뿌듯함과 함께 약간의 찝찝함을 남겼다.

그날 이후로 나는 마음을 정했다. 더 이상 자리 배치나 놀이 파트너를 의도적으로 조작하지 않겠다고. 담임의 위치에서 아이들의 마음에 직·간접적으로 영향을 미칠 수 있다는 사실이 생각보다 무겁게 느껴졌기 때문이다. 이후로 그 프로그램은 단 한 번도 조작하지 않았다.

한편, 담임에게까지 엮어달라고 했던 아이들이니, 친구들끼리는 이미 더 많은 이야기를 나눴을 터였다. 실제로 어느 순간부터 교실 놀이가 시작되면, 친한 아이들끼리 서로의 사랑이 잘 이루어지도록 밀어주고 당겨주는 모습이 자연스럽게 보이기 시작했다. 그 흐름은 남학생들보다 여학생들 쪽에서 더 뚜렷했다.

그 과정에서 교실 안에는 삼각관계, 때로는 사각관계도 만들어졌다. 여학생들은 "사랑보다 우정"을 외치며 자신이 호감 있던 친구를 양보(?)하기도 했고, 반대로 자신의 진심을 솔직히 털어놓으며 "잘 되게 도와달라"고 부탁하기도 했다. 서로를 응원해 주기도 하고, 마음이 상한 친구를 조용히 위로해 주는 모습도 자주 보였다.

그런 아이들을 보며 나는 생각했다. 자신의 감정에 솔직해지고, 그 감정을 주변 사람들과 나누는 일은 결코 가볍지 않은 훈련이라는 것을. 그래서 나는 이 과정을 마음속으로 '감정 훈련'이라고 이름 붙였다.

사람이 느끼는 감정은 참 다양하다. 기쁨, 설렘, 신남, 슬픔, 우울함…. 우리는 하루에도 몇 번씩 다른 감정을 오가며 살아간다. 흔히들 기쁨은 나누면 배가 되고, 슬픔은 나누면 반이 된다고 말한다. 감정은 혼자서만 감당해야 할 짐이 아니라, 누군가와 나눌 때 비로소 제자리를 찾는다.

그런 의미에서 자신의 마음을 솔직하게 이야기할 수 있는 친구가 있다는 것, 그리고 그 이야기를 들어주는 어른이 곁에 있다는 것은 꽤 큰 행운이다. 선생님과 친구들에게 자신의 감정을 숨기지 않고 나누며 서로 교감하는 우리 반 아이들의 모습을 보며, 나는 오늘도 조용히 생각했다.

“아, 아이들이 지금 관계에서 더 나아가,
자기 마음을 다루는 법을 배우고 있구나.”

에겐남에서
테토남으로

졸업앨범을 보면 유독 우리 반 남학생들은 다른 반 아이들에 비해 얼굴이 앳돼 보인다. 요즘 유행하는 말로 '에겐남', '테토남'으로 구분해 본다면, 우리 반 남자아이들 대부분은 에겐남에 가까웠다. 그런데 한 해 동안 다양한 교실 놀이와 이른바 '사랑 게임(?)'을 거치며, 아이들은 조금씩 테토남의 기질을 갖춰 갔다. 그 변화가 가장 또렷하게 보였던 아이가 바로 시율이었다.

3월에 처음 만났던 시율이는 숫기가 없고 조용한 성향의 남학생이었다. 말투부터가 자신감 있는 목소리보다는 조심스럽고 부끄러운 느낌이었고, 친구 관계에서도 먼저 나서기보다는 누군가 다가와 주기를 기다리는 편이었다. 그런 시율이가 〈사랑합니다〉 게임을 계기로 조금씩 변하기 시작했다.

우리 반 최초의 고백 게임이었던 〈사랑합니다〉 게임에서, 출석번호 7번이었던 시율이는 특별히 뭔가를 하지 않았음에도 불구하고 여학생들의 관심을 한 몸에 받게 되었다. 게임이 진행될수록 시율이를 좋아하고 있다는 여학생들이 하나둘 드러났고, 그 친구들은 이후 '시율녀'라는 별명으로 불리며 1년 내내 놀림 반, 관심 반의 대상이 되었다.

그 무렵 시율이는 '시율녀'로 불리던 친구들 중 한 명과 생애 처음으로 '사귄다'는 경험을 했다. 물론 초등학생의 사귐은 어른들의 연애와는 전혀 다른 의미다. 데이트를 하거나 손을 잡는 관계가 아니라, 친구들 사이에서 공인된 '조금 더 친한 사이'에 가깝다. 그래서 헤어짐 역시 큰 상처라기보다는, 다시 덜 친한 친구로 돌아가는 정도의 변화였다.

그렇게 1학기를 보낸 시율이는 2학기에 또 하나의 전환점을 맞이한다. 〈0고백 1차임〉 쇼츠 영상에 담긴 장면처럼, 이번에는 유라에게서 간접적인 고백을 받게 된 것이다. 고백을 받은 순간 당황한 시율이는 친구들의 분위기에 떠밀려 얼떨결에 그 마음을 받아들이는 모습이었지만, 사실 그때부

터 시율이는 유라를 진심으로 좋아하고 있었다.

이후 시율이는 조금 더 '남자답고 싶다'는 마음으로 기타라는 새로운 도전을 시작했다. 어느 날 학교에 기타를 들고 온 시율이는 처음엔 쉬는 시간에 작은 소리로 조심스럽게 연주했다. 예전 같았으면 친구들 앞에서 연주할 용기를 내지 못했을 아이였다. 그런데 학년 말로 갈수록, 시율이는 점점 더 큰 소리로, 당당하게 기타를 연주하기 시작했다.

〈여기로 와주겠니〉라는 쇼츠 영상에는 그렇게 에겐남에서 테토남으로 변화해 가는 시율이의 모습이 고스란히 담겨 있다. 가가볼 게임 중, 시율이가 좋아하는 유라가 희재와 파트너가 되었고, 승부욕이 강한 희재는 순간적으로 "일루 오라고!"라며 짜증 섞인 말을 했다. 그 모습을 보고 마음이 불

편해진 시율이는 게임이 끝난 뒤 희재에게 다가가 이렇게 말했다.

"희재야, 따라 해 봐. 유라한테 '일루 오라고!' 말하지 말고, '이리로 와주겠니?'라고 말해줬으면 좋겠어."

그 장면을 보며 시율이가 정말 많이 성장했음을 느꼈다. 다만 이 영상을 기획한 진짜 의도는 시율이의 멋진 말이 아니라, 희재의 반응에 있었다. 자칫 기분이 상할 수도 있었던 상황에서, 희재는 시율이의 말을 끝까지 듣고 미안하다고 사과했다. 나는 그 순간, 시율이 못지않게 희재의 모습에 깊은 감동을 받았다. 자신의 행동을 돌아보고 타인의 감정을 받아들일 줄 아는 모습은, 그 자체로 건강한 성장의 증거였기 때문이다.

이 모든 과정은 담임이 기획한 교실 놀이에서 출발했지만, 그 안에서 아이들은 각자 새로운 상황을 만들어 내고, 이전과는 다른 모습으로 성장해 갔다. 그래서 나는 늘 비슷하게 반복되는 학교의 일상보다, 아이들에게 다양한 경험을 제공하고 싶었다. 그러기 위해서는 교실 안에서도 끊임없이 새로운 상황과 환경을 만들어야 했다.

국내외 여러 영상에서 영감을 얻고, 교과서 부록 자료를 뒤져 가며 교실 놀이를 설계했다. 그렇게 만들어진 새로운 상황들은 교실 놀이의 형태로 아이들에게 제공되었고, 그 기록은 100편이 넘는 쇼츠 영상으로 남았다.

"이 영상들이 먼 훗날, 아이들에게
'우리가 그때 참 행복했구나' 하고
꺼내 볼 수 있는 소중한 영상 앨범으로
남기를 바란다."

다시, 우리 반만의
졸업여행을 가기까지

2학기, 강원도 현장체험학습 학생 사망 사고와 관련된 인솔 교사에 대한 2심 판결이 나왔다. 선고유예였지만, 여전히 금고형의 유죄 판결이었다. 판결 소식을 접하는 순간, '법이 정말 이럴 수 있나'라는 생각이 가장 먼저 들었다. 교사 한 명이 20~30명의 아이들을 인솔하는 상황에서, 뒤에서 줄을 맞춰 따라오지 못한 아이가 차량 사고를 당했을 경우, 앞에서 인솔하던 교사가 감옥에 가야 한다는 현실이 도무지 이해되지 않았다. 현실과 법의 괴리를 이렇게 크게 체감한 것은 처음이었다.

이 판결이 유지되는 한, 교사 면책 법안이 마련되지 않는 이상 현장체험학습은 점점 사라질 수밖에 없을 것이다. 국회의원들에게 현장체험학습은 관심사가 아니다. 표가 되지 않기 때문이다. 지하철, 기업 유치, 복지 제도 같은 것은 유권자의 표를 움직이지만, 현장체험학습은 그렇지 않다. 우리 사회는 '교육'에 관심이 있는 것처럼 보이지만, 실은 '대학입시'에만 관심이 있을 뿐, 진짜 교육에는 무관심하다. 그렇기에 학생 인솔에 대한 교사 면책 법안이 마련되기는 요원해 보였다.

그런데도 나는, 어쩌면 미친 사람이었는지도 모르겠다. 그럼에도 반 아이들과 졸업여행만큼은 꼭 가고 싶었다. 그것도 당일치기가 아니라, 최소한 1박 2일로. 그래서 머리를 쥐어짜고 또 쥐어짰다. 강원도 사건 이후 동료 교사들에 대한 최소한의 동료애 때문에, 예전처럼 무작정 추진할 수는 없었다. 게다가 2학기에는 새 교장선생님이 부임하셔서 그분의 성향도 알지 못하는 상황이었다.

그래서 가장 먼저 한 일은 '명분'을 만드는 것이었다. 우리 반만 졸업여행을 간다면 형평성 문제는 물론, 어수선한 학교 분위기 속에서 동료 교사들에게 큰 부담이 될 것이 분명했다. 따라서 개인적 목적이 아닌, 공적인 목적이 필요했다.

나는 인천광역시교육청의 대표 사업인 『읽·걷·쓰』 사업을 떠올렸다. 이 사업의 홍보를 목적으로 인천 지역의 섬을 여행하며 영상을 제작한다면 어떨까. 당시 채널은 구독자 10만 명을 넘겼고 조회수도 잘 나오고 있었다. 교육청 입장에서는 사업을 전국적으로 홍보할 수 있고, 우리 반 아이들은 그 명분으로 졸업여행을 갈 수 있다고 생각했다. 공적인 목적, 교육청 협조 공문이 있다면 최소한의 명분은 확보될 것이라 판단했다.

교육청 조직도를 펼쳤다. 교육감님께 직접 연락할 방법은 없었고, 그 바로 아래 대외 홍보를 담당하는 부서의 최고 책임자님께 연락을 드렸다. 그리고 솔직하게 말했다.

"반 아이들과 졸업여행을 꼭 가고 싶은 담임교사입니다. 하지만 지금 분위기에서 우리 반만 여행을 추진하는 것은 동료 교사들께 큰 민폐가 될 것 같습니다. 교육청 사업 홍보 영상을 제작해 드릴 테니, 협조 공문을 통해 졸업여행을 갈 수 있는 명분을 만들어 주실 수 없을까요."

잠시 후 돌아온 답변은 이랬다.

"교장선생님과 통화했습니다. 아마 졸업여행 갈 수 있게 해주실 겁니다."

"다만, 협조 공문은 명문화된 근거가 없어 보내드릴 수 없습니다."

그 말을 듣는 순간, 망치로 머리를 맞은 기분이었다. 오해일 수도 있지만, 당시에는 '교육청에서도 졸업여행을 막으려는 건가'라는 생각까지 들었다. 새로 오신 교장선생님과 단 한 번도 대화를 나눈 적 없는 상황에서, 상급기관이 먼저 전화해 "6-4반 졸업여행 허락해 주세요"라고 학교장에게 말하는 것은 명백한 결례였다.

나는 곧장 교장실로 찾아갔다. 교장·교감선생님이 모두 계신 자리에서 여러 차례 고개 숙여 사과드렸다. 그리고 졸업여행 이야기는 없던 일로 해달라고 말씀드렸다. 그렇게, 졸업여행은 조용히 접혔다.

그러다 11월 말, 예상치 못한 연락이 왔다. 지금 이 책을 함께 만드는 출판사였다.

"<이선생의 영상일기>를 인상 깊게 봤습니다. 공교육이 흔들리는 요즘, 큰 울림을 주는 기록이라 생각합니다. 선생님의 학급 운영 이야기를 에세이로 출간하고 싶습니다."

그저 아이들의 마지막 초등학교 기록을 남기고 싶었을 뿐인데, 이런 기회가 찾아올 줄은 몰랐다. 더욱 놀라웠던 건, 책을 한 번도 써본 적 없는 나에게 선인세까지 제안해 주셨다는 사실이었다. 계약서에 사인하며 마음속으로 결심했다. 이 돈은 반드시 우리 반 모두와 함께 쓰겠다고.

그 순간, 잊고 있던 졸업여행이 다시 떠올랐다.

“그래, 출판사에서 받은 이 돈으로 졸업여행을 가자. 이번에는 아이들뿐만 아니라, 학부모님들까지 함께.”

곧바로 날짜를 정했다. 학교의 관리·감독 아래에서는 불가능했기에, 더 이상 선생님과 학생의 관계가 아닌 시점을 택해야 했다. 2026년 3월 1일. 아이들은 중학생이 되고, 나는 다른 학교의 교사가 되는 날이었다. 아이러니하게도, 우리는 해든초등학교를 떠나서야 다시 만날 수 있었다.

졸업 여행지는 내가 나고 자란 충남 보령으로 정했다. 가장 잘 아는 지역이었고, 안전하게 안내할 수 있었으며, 무엇보다 내 어린 시절의 이야기와 함께 아이들에게 자연과 삶의 흔적을 보여주고 싶었다. 숙소는 내가 자라난 집에서 불과 500미터도 떨어지지 않은 곳이었다.

버스를 예약하고, 체험과 식사를 하나하나 준비하는 과정은 설렘의 연속이었다. 꿈꾸던 일이 현실이 되어가는 과정은, 그 자체로 충분히 행복했다.

2026년 3월 1일, 우리는 더 이상 선생님과 학생이 아니었다. 학부모님들과도 담임과 학부형의 관계가 아닌, ‘친지(親知)’라는 새로운 관계로 다시 만났다.

그리고 아이들은 마지막으로 이런 말을 남겼다.

미하엘 : 우리 반과 꿈같은 시간이었습니다. 졸업하기 싫다는 마음을 처음으로 느꼈습니다. 평생 잊지 못할 거야.

마재희 : 6-4반이어서 행복했습니다. 많은 사랑의 논란(?)이 있었지만 극복하고 졸업을 합니다. 얘들아! 더욱 행복하게 내년 학교생활 하길!

이은우 : 반 친구들과 행복한 시간을 보낼 수 있어서 너무 즐거웠습니다. 제 인생에서 6학년의 기억은 특별하게 남을 것 같습니다. 많은 체험을 하게 해주신 선생님께 감사드립니다.

이서준 : 친구들과 좋은 시간이었습니다. 학교가 이렇게 재미있는 곳이라는 걸 처음 느껴보았습니다. 6학년 이제 안녕!

이서아 : 친구들과 함께여서 행복했습니다. 학교에 있던 매 순간이 즐거웠습니다. 평생 잊지 못할 6학년 4반이었습니다.

김지안 : 처음으로 학교가 기다려졌습니다. 다 선생님과 친구들 덕분인 것 같습니다. 한해가 너무 빨리 지나갔습니다. 너무 재밌었고 행복했어요. 이사를 가는 바람에 친구들과 같은 중학교에 못 가서 너무 너무 아쉽습니다. 얘들아, 너희 덕분에 평생의 추억거리를 만든 것 같아, 고마워. 아! 그리고 내가 먼저 손 안 잡았다고!!! 선생님 존경합니다!

유아연 : 이번 2025년은 정말 특별했어요. 이렇게 재미있는 활동을 한 것도, 이렇게 많이 웃은 것도 다 선생님과 친구들 덕분이었는데 헤어진다는 게 너무 아쉽습니다. 우리 다음으로 이렇게 행복한 학교 생활을 하게 될 후배들도, 이선생의 영상일기 채널도 많이 응원해주세요!

김소윤 : 초등학교 마지막 학년을 이렇게 행복하게 보내서 너무 좋았다. 학교를 다니면서 학교를 가고 싶다는 생각은 한번도 해본 적이 없는데 6-4반이 되어 처음으로 학교를 매일매일 가고 싶었다. 좋은 친구들과 좋은 선생님을 만나 즐겁고 행복한 추억을 쌓아서 너무 행복했다. 몇십 년이 지나도 나의 6학년을 잊지 못할 것 같다.

홍서연 : 6학년 생활을 여러 의미로 잊지 못할 것 같습니다. 선생님 덕분에 친구들과도 좋은 추억을 쌓아서 더 친하게 사이좋게 지낼 수 있었던 것 같습니다. 얘들아 그동안 같이 다녀주고 이해해 주고 즐겁게 해줘서 고마웠어. 선생님 감사합니다.

박희재 : 선생님 덕분에 국회도 가고 친구들 덕분에 웃을 수 있었다. 6-4반 덕분에 행복했다.

전혜림 : 지금까지 학교에 다니며 해보지 못한 많은 경험들을 해서 새롭고 즐거웠다. 친구들과 함께하는 추억들을 많이 만든 것 같아 좋았습니다. 1년 동안 선생님과 친구들 덕분에 정말 행복했습니다.

배선유 : 이번 한해 학교 생활이 정말 재미있었습니다. 중학교 가서도 잊지 못할 거에요. 얘들아 나중에 또 만나길 바라! 즐거운 학교생활을 만들어 주신 선생님, 감사합니다.

추서현 : 좋은 친구들이 있어서 학교가는 게 더욱더 재밌었고 한해가 더욱더 빨리 지나간 것 같았다. 다들 중학교 반 배정 잘되길 응원할게!

곽도윤 : 저희 반은 유튜브를 합니다. 저희 반은 사랑이 큰 반입니다. 저희 반은 그 어떤 반보다 특별합니다. 저희 반은 유튜브 구독자 10만을 넘겼습니다. 6-4반을 만났다는 것 자체가 행운과 축복입니다.

이준민 : 6학년은 내 인생에서 가장 특별한 시간이었다. 윤석열 대통령 탄핵 선고 시청, 21대 대통령 모의 투표, 국회 견학 등 정치 관련 수업이 특히 좋았다. 내가 인천 해든초등학교 6-4반에 걸린 것은 인생에 두 번 다시 없을 행운인 것 같다.

정우진 : 1년 동안 학교생활 정말 재밌었고 6년 동안 가장 재밌었다. 중학교 가서도 그리울 거다.

남유라 : 지난 1년간 많은 일들이 있었습니다. 기쁜 일도 슬픈 일도 있었지만, 이 모든 일들이 '나'라는 한 사람이 만들어지는 과정이었다 생각합니다. 한 해 동안 감사했습니다.

조현정 : 친구들의 연애를 보는게 너무 재밌었고 교실 놀이도 재

있었어요. 벌써 못 볼 생각에 슬프지만 얘들아 함께 한 시간 즐거웠고 고마웠어. 사랑해.

정재훈 : 선생님 덕분에 인생에서 가장 의미 있는 한 해가 되었습니다. 학기 초 유튜브를 한다는 것에 놀랐고, 1학기 한국사능력검정시험을 준비했던 것이 기억에 남습니다. 다이어트 특공대도 생각나고 계양산 캠핑, 교내 캠핑 모두 생각납니다. 이 추억을 잘 간직하며 크겠습니다. 감사합니다 선생님!

박지언 : 우리 처음 만났던 봄부터, 우리가 헤어지는 겨울까지 초등학생의 마지막 한 해를 너희와 보낼 수 있어서 즐거웠어. 잊지 못할 추억을 남겨두고 떠나지만... 우리는 그 기억으로 다시 만날 수 있을 거야. 우리 꼭 다시 만나자!

심지우 : 처음 학교에 왔을 때 이렇게 빠르게 시간이 갈 줄 몰랐는데 정신을 차려보니 벌써 졸업이네요. 친구들과 함께한 즐거운 추억은 평생 잊지 못할 것 같습니다.

안서우 : 박보검 닮으신 선생님과 좋은 친구들과 초등학교 마지막을 함께해서 좋았습니다. 특히 선생님만의 특별한 활동들이 재미있었습니다. 1년 동안 감사했습니다.

한주원 : 차은우 닮은 선생님과 친구들과 함께했던 시간이 너무 행복했습니다. 특히 국회에 갔던 시간이 너무나도 행복했습니다. 1년 동안 고생 많으셨던 선생님 감사합니다. 친구들아 다음에 우리 또 만나자!

다시, 우리 반만의 졸업여행을 가기까지

박시율 : 선생님 덕분에 마지막 초등학교 생활이 너무 재밌었던 것 같아요. 1년 동안 열심히 가르쳐주시고 재미있는 활동, 놀이들 많이 시켜주셔서 감사합니다! 6-4반 친구들 고마웠어!

임규휘 : 선생님 덕분에 마지막 초등학교 생활인 6학년이 잊을 수 없는 추억으로 남을 것 같습니다. 1년 동안 재미있는 활동들을 많이 해주셔서 감사했습니다. 친구들아 너희들도 평생 동안 잊지 못할 거야.

최슬우:한 해 동안 재미있고 즐거운 추억을 만들어 주셔서 감사합니다. 덕분에 6학년 4반이 평생 기억에 남을 것 같아요.

당신은 학교에서 민원 서비스를 제공하는 공무원을 만나길 바라십니까? 아니면 선생님을 만나길 원하십니까?

"당신은 학교에서 민원 서비스를 제공하는 공무원을 만나길 바라십니까? 아니면 선생님을 만나길 원하십니까?"

어느 순간부터 우리 사회는 선생님들에게 '스승'이 아닌 '공무원'으로 살아가길 요구하고 있다. 진심이 담긴 교육보다는, 매뉴얼에 따라 움직이는 민원 서비스 제공자를 기대한다. 과거에는 학생이 잘못을 하면 선생님께 혼나고, 그 과정을 통해 자신의 행동을 돌아보는 것이 자연스러웠다. 그러나 요즘은 학생을 혼내는 일조차 두 번, 세 번 고민해야 한다. 자칫 잘못하면 정서적 아동 학대로 오해받을 수 있고,

혼내는 행위 자체를 문제 삼는 시선도 존재한다. 그러다 보니 '혼내지 않는 것'이 가장 안전한 선택이 되어버렸다.

어떤 의미에서는 수업만 하면 되니 교사의 일이 줄어든 것처럼 보일 수도 있다. 하지만 잘못된 행동을 하는 학생을 그저 지켜보기만 해야 하는 상황은, 늘 선생님들의 마음 한 켠을 불편하게 만든다. 교육과정 재구성 역시 마찬가지다. 교과서 진도를 주간 학습 안내에 맞춰 성실히 이행하고, 학습지를 나눠주며 수업을 진행하면 민원은 거의 발생하지 않는다. 그러나 그런 수업이 아이들의 창의성을 키우고 흥미를 불러일으키는 데 충분한지는 늘 의문이 남는다. 창의성과 흥미를 위해 교육과정을 재구성하고, 현장체험학습이나 교내 행사를 운영하면 그 과정에서 민원이 발생할 가능성은 자연스레 높아진다.

학급 운영을 비교적 독특하게 하는 편이라, 선배 교사로부터 이런 조언을 들은 적이 있다.

"기본만 잘하기도 얼마나 힘든데, 왜 자꾸 새로운 걸 하려고 하니."

"연초에 계획한, 매년 하던 것만 잘해도 충분해."

그 말을 들었을 때 마음이 아팠다. 조금 더 솔직히 말하면, 나를 포함한 교사들을 둘러싼 현실이 원망스러웠다. 국민신문고, 교육청 민원, 교무실로 접수되는 수많은 민원들은 선생님들을 점점 '교육 서비스를 제공하는 공무원'으로 만들어 갔다.

민원이 두려웠다. 인사상 불이익이 걱정돼서라기보다는, 내가 운영하는 학급이 무너질까 봐 두려웠다. 특히 올해는 유튜브 채널 운영이라는 새로운 시도를 하고 있었기에 매 순간이 살얼음판 같았다. 그렇다고 학부모의 눈치를 보며 학급을 운영하고 싶지는 않았다. 담임으로서 옳다고 믿는 방향은 신념대로 가고 싶었다.

그래서 나는 올해 아이들을 수없이 혼냈다. 때로는 내 직설적인 화법 때문에 아이들이 마음의 상처를 받았을지도 모른다. 특히 나는 아이들에게 '사회성 떨어지는 행동'이라는 표현을 자주 사용했다. 공동체 속에서 자기 것만 챙기는 이기적인 행동, 선을 넘는 행동을 할 때면 분위기를 깨면서까지 정색하며 말했다.

"그건 사회성 떨어지는 행동이야. 주의해야 해."

아마 이 글을 읽는 우리 반 아이들 중에는 이 말을 떠올리며 웃거나, 혹은 PTSD를 느끼는 친구도 있을 것이다.

유튜브 채널을 운영하며 "아이들이 나오니 항상 조심해야 한다"는 말을 자주 들었다. "왜 굳이 아이들의 학교생활을 공개하느냐"는 질문도 반복해서 받았다. "올해는 운 좋게 좋은 학부모를 만났지만, 내년에 진상 학부모를 만나면 채널은 금세 문을 닫게 될 것"이라는 경고도 있었다. 걱정과 조언에는 감사한 마음뿐이다. 그러나 그 말들을 마음 한켠에 새긴 채, 그럼에도 나는 이 길을 계속 가려 한다.

공교육 붕괴의 근본적인 이유는 학부모와 교사 사이의 신뢰가 깨졌기 때문이다. 학부모는 학교 교육에 만족하지 못해 사교육으로 자녀를 보낸다. 교사는 학부모의 영향력에 흔들리는 학교 현실 속에서 학부모를 경계하게 된다. 국가 교육 시스템이 서로를 믿지 못하게 만들고 있는 셈이다.

그래서 나는 나름의 방식으로 관계 회복을 시도했다. 학부모들에게 학교에서의 모습을 공개하는 것. 수업, 놀이, 아이들의 일상적인 모습을 있는 그대로 보여주는 것이었다. 먼저 손을 내민 것이다. 자녀의 학교생활이 궁금하지 않은 부모는 없다. 친구들과 잘 지내는지, 수업 시간에 어떻게 참여하는지, 아이의 하루는 늘 궁금하다. 나는 그 궁금증을 영상으로 보여주기로 했다.

물론 〈이선생의 영상일기〉에 담긴 모습이 우리 반의 전부는 아니다. 정확히 말하면 '일부'다. 채널 배너에 적힌 '선생님과 아이들의 모든 기록'이라는 문구는 엄밀히 말하면 거짓일 수도 있다. 아이들의 부정적인 말과 행동은 편집에서 제외했고, 즐겁고 행복한 순간 위주로 영상을 구성했다. 어떻게 1년 내내 즐겁기만 했겠는가. 아이들을 혼낸 날도 있었고, 친구들 사이에 갈등이 생겨 서로의 마음에 상처를 주었던 순간도 분명히 있었다.

하지만 우리는 그 모든 과정을 지나 결국 성장했다. 나는 아이들에게 좋은 기억만 남겨주고 싶었다. 그래서 <이선생의 영상일기>는 편집된 한 편의 성장 드라마다. 아이들이 유년 시절, 찬란하고 행복했던 장면들을 영상으로 남겨 훗날 다시 꺼내 볼 수 있기를 바랐다. 더불어 귀한 자녀를 키우는 학부모님들께서도, 자녀의 행복한 학교생활을 영상으로 확인하며 공교육과 선생님에 대한 신뢰를 조금이나마 회복할 수 있기를 바랐다.

그것이 이 채널을 시작한, 그리고 끝까지 이어가고 싶은 이유다.

<이선생의 영상일기>PD,
이창원

당신은 학교에서 민원 서비스를 제공하는 공무원을 만나길 바라십니까?
아니면 선생님을 만나길 원하십니까?

어쩌면,
사랑이 가장 완벽한 수업일지 몰라

© 이창원

초판 1쇄 인쇄 2026년 3월 1일

지은이	이창원
기획	조영훈
디자인	권글짜
마케팅	정호윤, 김민지, 송유경, 김은주, 최서환
펴낸곳	모티브
이메일	motive@billionairecorp.com

ISBN 979-11-24370-03-2 (03810)